Y Ddynes Ddirgel

D1197630

# Mihangel Morgan

# y ddynes ddirgel

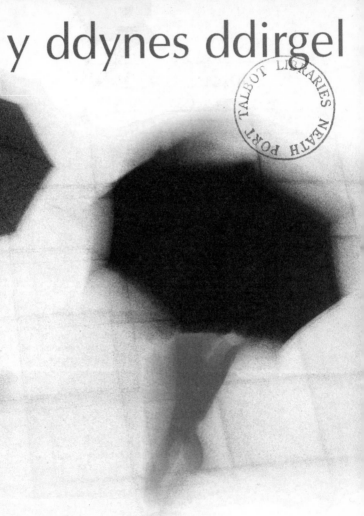

yl Lolfa

Argraffiad cyntaf: 2001

Clawr: Keith Morris

Rhif Llyfr Rhyngwladol: 0 86243 575 7

Cyhoeddwyd yng Nghymru
ac argraffwyd ar bapur di-asid a rhannol eilgylch
gan Y Lolfa Cyf., Talybont, Ceredigion SY24 5AP
*e-bost* ylolfa@ylolfa.com
*y we* www.ylolfa.com
*ffôn* (01970) 832 304
*ffacs* 832 782
*isdn* 832 813

Parhad o *Dirgel Ddyn* a
'Nid yw Pawb yn Gwirioni'r Un Fath'
o *Hen Lwybr a Storïau Eraill*

# Y Drydedd Ran

CYSYLLTIADAU – dyna beth sy'n bwysig i ddyn bach sydd ar goll yn y byd mawr. Maen nhw'n honni ein bod ni i gyd yn gysylltiedig â phawb arall yn y byd, ac nad yw'n cymryd mwy na chwe cham i'ch cysylltu eich hun ag unrhyw un arall – y ceffylau blaen a halen y ddaear, fel ei gilydd. Y fi a'r Cadfridog Pinochet, er enghraifft. Wel, roeddwn i'n nabod y cyn aelod seneddol, Ann Griffiths (cam un), roedd hi'n nabod y cyn brif weinidog, Margaret Thatcher (cam dau), roedd Mrs Thatcher yn nabod y Cadfridog Pinochet (dim ond tri cham!). Beth am y fi a'r Cadeirydd Mao? Ann Griffiths (cam un), Mrs Thatcher (cam dau), Edward Heath (cam tri), y Cadeirydd Mao. Beth am y fi a'r Fam Theresa? Ann Griffiths (un), Mrs Thatcher (dau), y Frenhines (tri), y tywysog Charles (pedwar), y dywysoges Diana (pump), y Fam Theresa (chwech). Beth am y fi a Hitler? Ych-a-fi! Ann Griffiths, Mrs Thatcher, Kurt Waldheim, Hitler. Mae hi mor hawdd oherwydd i mi gwrdd ag Ann Griffiths gwpwl o weithiau.

Cyn i mi ddod 'nôl i Gymru sgrifennais at fy hen landlord, Dr Morris Llywelyn. Cysylltiadau – dyna beth sy'n bwysig pan fo dyn bach yn chwilio am lety yn y gobaith o'i ailgartrefu a'i ailsefydlu'i hun mewn dinas fawr.

Oedd, meddai, roedd ganddo fflat bach heb fod yn bell o'r afon. Trefnais i gwrdd ag ef yno.

"By-by-ble chi wedi by-by-bod, Mr Cadwaladr?" gofynnodd.

Pan glywais ef yn siarad eto fe'm trawyd gan y ffaith

fod ei atal dweud yn amlwg yn ffug ac mai rhyw glemau diangen a ffuantus oeddynt.

"Dw i wedi bod dramor yn dysgu Saesneg fel ail iaith," meddwn heb ymhelaethu.

"A chi eisiau dy-dy-dod yn ôl i'r hen ddy-ddy-ddinas 'ma?"

"Yma mae 'nghalon," meddwn i.

"Mae'r ddy-ddinas yn by-by-bŵmio 'nawr," meddai, "gyda'r holl gy-gy-gwmnïau sy'n dy-dy-dod 'ma." Yna edrychodd arnaf ac ychwanegu, "Chi wedi my-my-magu pwysau a cholli ly-ly-lot o wallt."

Sylwadau caredig, meddyliwn, o ystyried nad oedd yr hen ddoctor ddim wedi adieuengeiddio ei hunan chwaith. Yn wir, roedd e'n dal i edrych fel 'tasai rhywun wedi'i ddwyn o'r fynwent.

"Wel, dy-dy-dyma'r fflat," meddai wedi inni ddod trwy ddrws ffrynt tŷ hirdal cul yng nghanol rhes ddannedd o dai, dringo grisiau i'r llawr cyntaf ac agor drws arall gydag allwedd. Mynedfa gul, lolfa yn ffrynt y tŷ gyda ffenestr fwa yn edrych dros yr afon a thoeon y ddinas yr ochr draw iddi. Stafell ymolchi, cegin a thair stafell fechan.

"Dy-dy-dyma'ch sy-sy-stafell chi," meddai Dr Llywelyn. Doedd dim cwestiwn yn ei feddwl ef na fyddwn i'n cymryd y fflat. "Mae'n fach ond mae'n gly-gly-glyd. Ac mae'n well na'ch hen sy-sy-stafell – y dy-dy-dwnsiwn 'na heb ffy-ffy-ffenestri."

O'r ffenestr yn y stafell hon gallwn weld cefn y stryd, y gerddi cefn anniben a chefn y stryd nesaf, ochr draw.

"Wrth gwrs, mae 'ma ly-ly-lodjer arall."

Doeddwn i ddim wedi rhagweld hynny.

"Ty-ty-tawel iawn," meddai Dr Llywelyn. " 'Smo fe'n dy-dy-dod mas o'i stafell yn aml. Sy-sy-swil ofnadwy. My-my-myfyriwr yn y by-by-brifysgol. Owain Glyndŵr

Ffy-ffy-Ffawsett yw ei enw," meddai'r hen ddiwinydd. "Cy-cy-co'i stafell, dy-dy-drws nesa i'r gy-gy-gegin," dywedodd gan bwyntio'i fys melyn cnotiog. "Ond mae 'na dipyn o broblem 'da fe," meddai gan ostwng ei lygaid. "Dewch i'r gegin."

Yn y bosh roedd 'na Gadair Idris o lestri brwnt. Ar y llawr roedd 'na ryw ddeg o sachau plastig du, bagiau sbwriel gyda logo'r ddinas arnynt, yn llawn i'r ymylon, ac yn gorlifo ohonynt roedd 'na duniau ffa pob a photeli a phacedi gwag.

"Dy-dy-dyma'r broblem," meddai Dr Llywelyn. "Dy-dy-dyw Owain Glyndŵr byth yn golchi'r llestri nac yn cy-cy-cofio mynd â'r by-by-bagiau sbwriel mas – by-by-bob dydd Iau, mae'r dy-dy-dynion lludw'n dy-dod."

Edrychais o'm cwmpas ar y llanastr. Prin yr oedd 'na le i symud yn y gegin gul nac i eistedd wrth y ford fechan.

"Dy-dy-dw i'n fodlon rhoi'r stafell i chi ar rent isel os 'ych chi'n fy-fy-fodlon gy-golchi'r llestri a chadw trefn ar y rwbish."

Ar ôl iddo enwi'r rhent ystyriais y sefyllfa am nano-eiliad cyn ateb.

"Dw i'n barod i'w chymryd, Dr Llywelyn."

"O, dy-dy-da iawn," meddai, a daeth atgof o wên i'r cylchau duon o dan y llygaid ac i'r crychau yn yr wyneb priddlyd.

Roedd ei anadl yn drewi; roedd yn amlwg iddo fod yn yfed. Beth oedd y gwynt 'na?

"Dy-dy-does neb yn fodlon aros 'ma 'dag Owain Glyndŵr. Dw i wedi colli cyfrif ar yr holl by-by-bobl sy wedi ceisio rhannu'r fflat 'da fe ac wedi my-my-methu'i odde'."

Pam nad oedd e wedi cicio'r creadur diog mas allwn i ddim deall.

"Dyna ni, fy-fy-felly. Py-py-pryd chi mo'yn symud mewn?"

"Yn syth, os ca i." Wedi'r cyfan roeddwn i'n ddigartref i bob pwrpas ac ychydig iawn o bethau oedd 'da fi; cwpwl o focsys o lyfrau, planhigyn neu ddau, dillad mewn siwtcesys.

Esboniodd y doctor ei fod e'n gobeithio cael rhywun i gymryd y stafell arall, ond nad oedd dim brys.

Cyn i Dr Llywelyn adael am ei gartref ei hun gofynnais sut oedd ei nith, Ceryl: oedd hi'n dal i fod yn bennaeth un o'r canolfannau addysg cymunedol? Roeddwn i'n gobeithio dysgu ambell ddosbarth nos eto nes i mi ddod o hyd i swydd amser llawn go iawn. Cysylltiadau sy'n bwysig.

"Ydi," meddai'r doctor, "er ei bod hi'n gy-gy-gobeithio cael dy-dy-dyrchafiad a mynd i gy-gy-ganolfan arall. Un well, cy-cy-cyn bo hir."

Ar ôl iddo fynd cofiais beth oedd y sawr 'na ar ei anadl. Gwynt coco ydoedd.

Y noson honno, wrth i mi gludo fy nhrugareddau o'r lle gwely a brecwast ofnadwy o frwnt lle y bûm yn aros dros dro a dechrau trefnu pethau yn fy nghartref newydd, allwn i ddim rhagweld fy mod i'n cychwyn ar gyfnod o'm bywyd a oedd yn mynd i fod yn debyg i un o ddramâu *screwball*, coegwych a rhywiol ffilmiau cynnar Pedro Almodovar – ond heb yr elfen *screwball*, na'r lliwiau coegwych, na'r rhywioldeb. Ac roedd plot y rhan newydd hon o stori fy mywyd yn mynd i fod yn debyg i ffilm Ffrangeg – hynny yw, heb nemor ddim plot iddi o gwbl.

Welais i mo Owain Glyndŵr Ffawsett. Bob tro yr awn i allan i'r fynedfa gul er mwyn mynd i'r stafell ymolchi neu i'r gegin byddwn i'n taflu cipolwg tuag at ddrws ei stafell. Ni ddeuai'r un smic o sŵn ohoni. Oedd e gartref? Ddaeth e ddim i'r lolfa chwaith pan es i yno i wylio'r teledu

11

du a gwyn. O ran hwyl, ceisiais dynnu llun ohono yn fy nychymyg cyn imi gwrdd ag ef. Tew, tywyll, sbectolog, tua deugain oed, gwelw, afiach, tawedog, rhywbeth yn debyg i Richard Attenborough yn *Séance on a Wet Afternoon*, ond heb y mwstas bach. Yn fy meddwl roedd e'n mynd i fod yn greadur annymunol, oeraidd. Ond peth i edrych ymlaen ato, y pryd hwnnw, oedd y cyfarfod cyntaf, i weld pa mor gywir neu anghywir fyddai fy narlun ffantasïol.

Diffoddais y teledu gan nad oedd dim byd gwerth ei wylio arno, ac edrychais o gwmpas y lolfa gan geisio ymgyfarwyddo â'm cartref newydd. Celfi o'r saithdegau, papur wal ers y chwedegau, efallai: blodau mawr oren a melyn, fel yn y stori fer hir honno gan Charlotte Perkins Gilman. Carped o ryw gyfnod arall, peisli amhenodol, llenni peisli hefyd, ond nid yr un peisli. Roedd yr holl beisli yn codi pendro arna i; roedd hi fel bod oddi mewn i feigryn. Lle tân o'r pumdegau, siâp sgwâr â theils brown golau a gwresogydd barrau trydan yn y twll. Bwrdd a chadeiriau a sawrai o siop gelfi ail law. Popeth mor nodweddiadol o stafelloedd rhad ar rent yn y ddinas.

Edrychais drwy'r ffenestr fwa ar y strydoedd, yr afon, y bont fawr, y tyrau dinesig cyfarwydd. Fy ninas fawr i yng Nghymru. Mor braf oedd hi i fod 'nôl, gartref yng Nghymru annwyl unwaith eto. Roeddwn i wedi gweld ei heisiau hi heb sylweddoli hynny, wedi bod yn hiraethu amdani heb yn wybod i mi. Dyna'r tŵr a'r ddraig ar ei ben, a tho crwn hen neuadd y ddinas a'r amgueddfa a'r eglwys gadeiriol. O'r stafell hon gallwn weld holl gymeriad y ddinas heb fod yn ei chanol hi.

Ond yna, aeth saeth o ofn a phanig drwy fy mynwes. Roeddwn i'n ddi-waith nawr a'm harian yn brin, y coffrau bron â bod yn wag. Ni ddeuai'r un geiniog goch arall o gyfeiriad Ann Griffiths ar ôl yr holl sgandalau a ddaeth â'i seren wib o yrfa wleidyddol i'r ddaear gyda chlatshen sydyn. Y dosbarthiadau nos oedd f'unig obaith, er fy mod i'n arswydo rhag y syniad o fynd yn ôl at ddysgu. Y broblem ynglŷn â dysgu yw'r myfyrwyr.

Rhaid i mi chwilio trwy'r papur am swydd. Codais a mynd am dro i'r siop gornel i brynu un. Byddai'r siop hon yn gyfleus; ar agor tan oriau mân y bore, saith niwrnod yr wythnos ac yn gwerthu tipyn o bopeth. Pryd roedd y bobl hynaws a gweithgar hyn o Bacistân, y menywod yn eu saris lliwgar, ysgafn, yn cael gwyliau, dyn a ŵyr. Heblaw am y papur, prynais becyn o greision blas Worcester Sauce a bar o siocled a mynd yn ôl i'r fflat. Gorweddais ar y soffa flodeuog i ddarllen y tudalennau swyddi. Swyddi yn golofn ar golofn – Satellite Data Software Engineer, Networks Strategist, Public Relations Assistant, Technical Food Manager, Survey Compiler, Community Support Team Worker – swyddi nad oeddwn i'n deall eu teitlau na'r disgrifiadau ohonyn nhw heb sôn am feddu ar y cymwysterau hanfodol. Ni allwn weld yr un swydd – o blith y cannoedd – y gallwn i wneud cais amdani. Suddodd fy nghalon i'm traed a thrwy'r llawr i'r fflat nesaf ar y llawr daear a buasai wedi mynd i lawr i ddwnsiwn tanddaearol fy hen fflat 'tasai 'na ddwnsiwn yn y tŷ hwn, ond doedd 'na ddim, diolch i'r drefn.

Yna, wrth droi'r tudalennau'n ddiamcan a sgleintio dros y penawdau – llofruddiaethau, lladradau, treisiadau, bechgyn yn dwyn ceir, yn ymosod ar hen wragedd, yn anadlu glud ac yn gwerthu cyffuriau, priodasau, streiciau, sioeau cŵn, gwasanaethau crefyddol ac yn y blaen, yr un hen storïau dwmbwldambal fel sydd ym mhob papur dyddiol – yno, mewn cornel, gwelais bwt amdani hi, y cyn aelod seneddol, Ms Ann Griffiths. Ar ôl hunanladdiad ei brawd, roedd hi wedi dod 'nôl i'r ddinas hon i fyw. Hunanladdiad? Dim mwy o wybodaeth na hynny. Doedd hi ddim yn haeddu mwy o sylw na'r tri llanc a arestiwyd ar ôl dechrau tân mewn iard adeiladwyr, neu'r trigolion a oedd wedi dechrau deiseb i gael maes chwarae i blant mewn ardal ddifreintiedig o'r ddinas.

Ehedasai'n uchel, hyhi a'i brawd, yn rhy agos at yr haul, efallai, a nawr roedd hi'n ddibluen, ar y llawr fel pawb arall unwaith eto. Dim cyfweliadau. Dim lluniau.

Cyd-ddigwyddiad oedd ein bod ni'n dau wedi dod 'nôl i'r ddinas tua'r un pryd. Ond does 'na ddim cyd-ddigwyddiadau, nac oes? Mawr obeithiwn na fyddai'n llwybrau'n croesi eto. Roedd un peth yn siŵr, fyddwn i ddim yn mynd allan o'm ffordd i chwilio amdani hi. A byddai hithau'n siŵr o'm hosgoi i. Penderfynais na fyddwn i'n ei chydnabod petawn i'n ei gweld.

Trois y tudalennau eto a chyrraedd hysbysebion adloniant y ddinas. Mewn un theatr roedd 'na gynhyrchiad newydd o *Charley's Aunt* ac mewn un arall naill ai *Hedda Gabler* neu rywbeth newydd gan ddramodydd anhysbys. Ffilmiau; yn y sinema fawr roedd 'na ddigon o ddewis o'r pethau gwaedlyd, ffrwydradgar diweddaraf; ffilm Bond newydd (dim eto!), comedïau, cartwnau, deinosoriaid. Ond yn hen Ganolfan y Celfyddydau roedden nhw'n dangos *Some Like it Hot* – un o'm hoff ffilmiau. Un noson yn unig.

Edrychais ar y cloc. Ugain munud i fynd cyn i'r ffilm ddechrau. Gallwn i ei gwneud hi dim ond i mi redeg fel Guto Nyth Brân. Felly y bu. Rhedais fel milgi drwy'r strydoedd cyfarwydd, y siopau, y gerddi, heb amser i sylwi arnynt. Ond mor braf oedd hi. Gwyddai fy nhraed adeiniog y ffordd yn iawn.

Prin y gallwn i ofyn am docyn pan gyrhaeddais y Ganolfan, mor fyr fy ngwynt roeddwn i ar ôl rhedeg mor

14

gyflym. Ond yno yn y sinema – doedd y meinciau ddim wedi gwella dim – a chlasur o ffilm yn cael ei pherfformio o flaen fy llygaid, wel, dyna fy niffiniad i o nefoedd. Marilyn Monroe ar ei mwyaf hudol, a'i chroen mor feddal a melfedaidd. Roedd fy nghalon i'n torri bob tro y deuai hi ar y sgrin wrth feddwl amdani'n marw mor ifanc a than amgylchiadau mor ofnadwy o drist. A dyna Tony Curtis a Jack Lemmon wedyn, mor ddoniol, mor chwerthinllyd a hwythau wedi'u gwisgo fel menywod. Pwy yn y byd fyddai wedi cael ei dwyllo ganddyn nhw am eiliad? A'r diwedd yna; y dyn 'na gyda'r geg fawr lydan – beth oedd ei enw? – yn cynnig priodi Jack Lemmon. Hwnnw'n meddwl am bob esgus dan haul i'w wrthod. Yn y diwedd rhaid oedd iddo ddatgelu'r ffaith ei fod e'n ddyn a thynnu'i wallt gosod o'i ben. Heb droi blewyn, ateb y dyn lydangeg oedd, "Nobody's perfect".

Teimlwn yn drist pan oleuwyd y sinema. Trist o feddwl bod yn rhaid i mi fynd yn ôl i'r fflat digysur ar fy mhen fy hun. Trist o feddwl bod yn rhaid ymddihatru o'r awyrgylch cysurus ac o ddimensiwn amgen byd y ffilm.

Roeddwn i'n codi o'm sedd ac yn troi tua'r drws pan welais i hi yn llithro allan. Dim ond cipolwg, mater o eiliad neu ddau. Dim ond ochr ei phen a welswn – ond roeddwn i'n eithaf siŵr taw hyhi oedd hi. Roedd ei gwallt yn fyr ac yn ddu fel adain brân ac wedi'i dorri'n onglog ac yn gornelog fel gwallt Louise Brooks yn *Pandora's Box*. Ond ai hi oedd hi? Allwn i ddim bod yn hollol siŵr, doeddwn i ddim wedi'i gweld hi ers blynyddoedd. Ac onid oedd hi wedi marw? Roedd hi wedi diflannu, ta beth. Na, allwn i ddim bod yn siŵr.

# – 2 –

BÛM YN BYW yn y fflat ers tridiau heb gael cip ar Owain Glyndŵr Ffawsett. Ond roedd e yno'n llercian y tu ôl i'r drws 'na wrth ochr y gegin. Fe'i clywsn sawl gwaith. Ychwanegid at y llestri yn y bosh. Ychwanegid at y tuniau a'r poteli yn y bag sbwriel – yr unig un, gan fy mod wedi clirio'r lleill. Gwnâi hynny naill ai pan awn i allan neu pan o'wn i'n cysgu, mae'n debyg. Beth oedd yn bod arno? Oedd e'n hyll? Yn anffurfiedig? Dychmygwn rywun tebyg i Charles Laughton yn *The Hunchback of Notre Dame,* a thrwyn fel y Twrch Trwyth, llygad chwyddedig, y gwefusau'n glafoerio a chefn crwca. Gwelswn amlen ar ei gyfer a'i gosod wrth ei ddrws. Diflannodd hithau'r un diwrnod.

Ffoniais Ceryl a threfnu i fynd i'w gweld hi y prynhawn hwnnw i drafod dosbarthiadau nos.

Doedd yr hen ganolfan lle bûm i mor hapus yn dysgu Llenyddiaeth Gymraeg i oedolion dro yn ôl ddim wedi newid dim. Cwatai'r swyddfa mewn labrinth o goridorau hirion mewn ysgol ganolraddol. Peth annifyr oedd gorfod mynd i ymweld â'r lle yn ystod y dydd pan oedd yr athrawon a'r plant yno. Plant! Roedd rhai ohonyn nhw'n fwy na mi. Roedd eu lleisiau'n ddwfn, eu breichiau (a mwy na thebyg eu dwylo) yn flewog. Smygent sigaréts yn ddigywilydd yn yr iard ac roedd rhai â'u trwynau plorynnog mewn bagiau yn anadlu glud.

Curais ar y drws yn betrus; wedi'r cyfan, onid rhyw fath o gyfweliad am swydd oedd hwn?

"Wel, wel, pwy yw hwn?" gofynnodd Ceryl.

"Y fi, Mr Cadwaladr, ffoniais..."

"Wrth gwrs, tynnu'ch coes o'n i. 'Steddwch! Chi'n edrych yn dda," meddai Ceryl mewn un gwynt yn fêl i gyd.

"Ti wedi mynd yn dew," meddai Siriol, "ac wedi colli lot mwy o wallt."

Doedd rhai pethau ddim wedi newid. Ond pan holais i'n obeithiol ynglŷn â'r posibilrwydd o gychwyn dosbarth newydd cliriodd y wên serchus o wyneb Ceryl fel sialc o fwrdd du ar ôl clwtyn gwlyb.

"Go brin ym mis Mawrth, Mr Cadwaladr," meddai. "Mae'r dosbarthiadau i gyd wedi'u sefydlu nawr."

"Ta beth," meddai Siriol, "mae dosbarth Llên Cymru wedi methu'n barod eleni. Dim digon o ddiddordeb."

"Gallwn i gymryd dosbarth Cymraeg i ddysgwyr," cynigiais. "Unrhyw safon. Dechreuwyr rhonc, neu rai mwy profiadol. Gloywi iaith hyd yn oed."

"Dim gobaith caneri mewn pot jam," meddai Ceryl. "Mae digon o athrawon 'da ni. Athrawon da hefyd. 'Dyn ni'n iawn am y tymor."

"Beth am y tymor nesa 'te?" gofynnais gan droi at Ceryl.

"Dw i'n gadael tymor nesa. Siriol fydd pennaeth y ganolfan 'ma wedyn."

Edrychais ar Siriol gan geisio erfyn arni am drugaredd gyda'm llygaid ci defaid.

"Dim gobaith taten mewn tebot. Dim digon o bobol yn mo'yn ymaelodi yn y dosbarthiadau Cymraeg, 'na'r broblem. Mae'r iaith yn marw."

Cerddais drwy'r heidiau bygythiol o blant. Gorilas ifainc oedden nhw; roedd hi fel bod ar *Planet of the Apes*.

Yn fy nigalondid penderfynais yr awn i alw ar Mr Owen yn y Pine Trees Nursing Home for Distressed Gentlefolk.

Cymerais y trên o'r ddinas i'r faestref lle y safai'r cartref yn ei barc ei hun. Tŷ mawr onglog ydoedd ac eiddew yn gorchuddio'i waliau plaen. Cenais y gloch ac agorwyd y drws gan ddyn llwydaidd, tenau. Gofynnais am Mr Owen.

"O, mae'n flin gen i," meddai'r llwydyn, a gostyngodd ei lais i nemor ddim ond sibrwd; gostyngodd ei lygaid hefyd. Dynesodd ataf, roedd gwynt lafant o'i gwmpas. "Buodd Mr Owen farw'n dawel yn ei gwsg bythefnos yn ôl. A'i dedi bêrs bach i gyd o gwmpas ei wely."

Teimlwn yn drist iawn a mynegais fy nymuniad i dalu teyrnged olaf i'm ffrind.

"Cafodd ei losgi yn yr amlosgfa, gyda'i eirth."

Cymerais y trên yn ôl i'r ddinas. Roedd fy meddwl yn crwydro, yn hel atgofion am Mr Owen. Yna gwelais y tyrau eto, toeon y ganolfan ddinesig, y twr a'r cloc pedwarwynebog a'r ddraig, wrth i'r trên nesáu at y ddinas.

Yna, un stop cyn iddo gyrraedd yr orsaf ganolog, fe'i gwelais eto. Cerdded trwy'r dorf ar y platfform yr oedd hi, a'i gwallt Lousie Brooks yn ei diffinio'n glir – ond dim ond am eiliad. Ble'r aeth hi? Hwyrach ei bod hi wedi dal yr un trên â mi a'i bod wedi disgyn oddi arno un orsaf yn brin o'r canol; ar y llaw arall, efallai'i bod hi'n dal y trên yno i fynd i'r canol. Roedd y trên yn symud eto, felly cerddais drwy'r cerbydau i gyd, o'r naill ben i'r trên i'r llall. Ond welais i mohoni, doedd hi ddim yno. Rhaid ei bod hi wedi disgyn yn yr orsaf flaenorol 'na, felly. Neu ai fi oedd wedi'i dychmygu? Eto, doeddwn i ddim yn debygol o wneud yr un camsyniad o fewn mater o ddyddiau, oeddwn i? Ai hyhi oedd y fenyw 'na gyda'r gwallt Louise Brooks? Doedd hi ddim yn arfer gwisgo'i gwallt fel 'na; roedd hi wedi newid yn fawr. Aethai blynyddoedd heibio ers i mi ei gweld hi. Os taw hi oedd honno. Os oedd hi byw.

Roedd fy nghalon yn taro tabwrdd pan ddisgynnais o'r

trên yn yr orsaf ganolog. Gwelswn elfen bwysig o'm gorffennol yn rhuthro ataf fel *juggernaut* a'r eiliad nesaf diflanasai gan adael hen alar wedi'i adfywio ynof ag egrwch profedigaeth newydd.

Roedd y rhandy yn dawel ond roedd Owain Glyndŵr wedi bod yn y gegin eto oherwydd roedd 'na lestri brwnt yn y bosh a thùn ffa pob gwag arall yn y sach sbwriel. Roedd ei symudiadau llechwraidd yn dechrau mynd ar fy nerfau. Mor anghymdeithasol. Hunanol hefyd. Y llestri. Y sbwriel. Diawl diog. Beth am gnocio ar ei ddrws?

Sefais o flaen y drws yn syllu ar y paent gwyrdd tywyll, a'm llaw dde ar ffurf dwrn yn hofran yn barod i guro. Sefais fel 'na am dair munud, yn ymwroli. Ond yn gwrando hefyd. Yn dal fy ngwynt mewn ymdrech i ddal y smicyn lleiaf o sŵn y tu arall i'r drws. A oedd Owain Glyndŵr yn sefyll yr ochr arall, yntau'n dal ei wynt, yn gwybod 'mod i'n sefyll yno'n gwrando? Beth bynnag, chlywais i ddim mymryn o sŵn a chollais fy hyder yn llwyr, oherwydd gwyddwn ei fod e yno, er gwaethaf y distawrwydd.

Es i'r lolfa a thaflu fy hun ar fy hyd ar y soffa *à la* Chatterton. Clywais rywbeth yn siffrwd. Roeddwn i wedi gorwedd ar bapur. 'Llais y Sais' oedd e, rhifyn y diwrnod hwnnw. Felly, nid yn unig roedd Owain Glyndŵr wedi dod allan o'i stafell i'r gegin ond roedd e hefyd wedi bod i'r siop ar y gornel, achos nid fy mhapur i oedd hwn.

Heb godi, dechreuais ei ddarllen. Edrychais drwy'r tudalennau o swyddi a gweld, unwaith eto, nad oeddwn i'n gymwys ar gyfer dim mewn bywyd. Daeth tonnau o banig drosof i. Eisteddais i fyny yn gefnsyth i ddarllen yn gall. Dim rhagor o lolian. Ond roedd sefyllfa'r byd yn arswydus – rhyfeloedd, bomiau, terfysgwyr. A'r newyddion lleol yr un mor frawychus – bechgyn yn rhoi tai ar dân, yn arteithio cathod, yn bygwth hen fenywod, trais, llofruddiaethau, mwy o *alien abductions*, hiliaeth, ffanaticiaeth, gwallgofrwydd. Roeddwn i'n dechrau difaru 'mod i wedi dod yn ôl i Gymru wedi'r cyfan. Dim gwaith, dim ffrindiau, a dyma fi, yn ddiweddar, yn dechrau amau 'mod i'n gweld pethau.

Es i'r gegin i goginio pryd o fwyd. Edrychais drwy'r cypyrddau. Roedd fy sgiliau domestig wedi gwella'n rhyfeddol ers i mi fod i ffwrdd. Roeddwn i'n arfer bod yn debyg i Owain Glyndŵr pan o'wn i'n byw mewn stafelloedd yn y ddinas 'ma o'r blaen, yn byw ar siocledi, creision, coffi a sigaréts. Ond dramor fe lwyddais i roi'r gorau i smygu a dysgais sut i siopa ac i goginio prydau maethlon. Yn wir, mae'n anodd credu, ond pan o'wn i'n byw yn y stafelloedd 'na allwn i ddim coginio o gwbl, heblaw am dost ac wyau a ffa pob, yn union fel Owain Glyndŵr. Hen lanc ifanc oeddwn i bryd hynny.

Eisteddais wrth y ford i fwynhau fy swper ar fy mhen fy hun – reis, betys coch a macrell.

Chwarae teg i Owain Glyndŵr, allwn i ddim dal dig wrtho am adael ei lestri a'i sbwriel. Wedi'r cyfan, on'd o'wn i'n cael y stafell yn rhad ar gorn annibendod Owain Glyndŵr? Enwau od hefyd, Owain Glyndŵr Ffawsett. Er 'mod i wedi dod yn gyfarwydd â nhw yn barod ac yn meddwl am fy nghydletywr encilgar wrth ei ddau enw bedydd bob tro. Rhaid bod ei rieni'n genedlaetholwyr neu rywbeth, ac efallai bod Dr Llywelyn yn eu nabod nhw a dyna pam doedd e ddim yn gallu'i daflu fe mas. Pam o'wn i wedi'i ddychmygu fel y gwnes i? Hyll, anffurfiedig. On'd oedd yr enw Owain Glyndŵr i fod i gonsurio arwr? Eto i gyd, am ryw reswm, allwn i ddim dychmygu dyn mawr, cyhyrog yn llercian mewn stafell fechan drwy'r dydd. Os oedd e'n ifanc efallai ei fod e'n cael problemau gyda'i groen, neu hwyrach ei fod e wedi colli'i wallt yn gynnar, neu ynteu, fe allai fod yn dew. Mae pethau fel 'na – acne, moelni, gormod o bwysau – yn gallu gwneud dyn yn swil iawn a'i gadw fel carcharor yn ei stafell dywyll. Pwysau cymdeithasol, creulondeb yn y gymuned.

Roedd lliw hyfryd ar fy mhlât ar ôl i mi gwpla 'mwyd – porffor a phisyn o groen enfys y pysgodyn. Roeddwn i wedi'i fwynhau yn fawr iawn.

Es i'r lolfa eto wedyn a gwylio rhaglen ar *chimpanzees* – dw i'n dwlu ar raglenni dogfen am fywyd gwyllt, natur ac anifeiliaid, yn enwedig *chimpanzees* neu eliffantod. Mae gwyddonwyr sydd wedi bod yn astudio'r epaod deallus 'ma wedi darganfod bod eu hymennydd yn debyg o ran maint a strwythur i un dynol. Yn ôl y rhaglen 'ma mae astudiaethau wedi awgrymu bod gan yr epaod sgiliau ieithyddol nad ydynt yn dibynnu ar leferydd geiriol. Doeddwn i ddim yn synnu clywed hynny achos gallwch chi weld pa mor ddeallus oedd y myncwn ar y teledu o edrych ar eu llygaid. Dangosodd y gwyddonwyr bod y *planum temporale* ar ochr chwith ymennydd sawl *chimpanzee* yn fwy na'r un ar yr ochr dde – rhywbeth yr arferid credu ei fod yn unigryw i'r ymennydd dynol. Yn y gorffennol, mewn arbrofion, ceisiwyd dysgu iaith arwyddo i epaod a chafwyd tipyn o lwyddiant. Ond o hyn ymlaen mae gwyddonwyr yn gobeithio darganfod sut yn union mae *chimpanzees* yn cyfathrebu gyda'i gilydd, yn lle ceisio dysgu iaith ac arwyddion dynol iddyn nhw. Roedd y rhaglen hon yn ddiddorol i mi am resymau nad oedd a wnelo fy hoffter o *chimpanzees* ddim â nhw achos ro'n i wedi bod yn darllen gwaith Noam Chomsky, ac er mor apelgar oedd y rhan fwyaf o'i syniadau cefais ei ddatganiad bod iaith yn gwbl unigryw i ddynol-ryw braidd yn rhyfygus. On'd oedd tystiolaeth y tshimps yn awgrymu bod Chomsky yn anghywir? Dim ond *Chomsky for Beginners* o'wn i wedi'i ddarllen, un o'r llyfrau 'na gyda chartwnau.

Buaswn i wedi licio aros ar fy nhraed i weld y ffilm hwyr, Mick Jagger a James Fox yn *Performance*, un o ffilmiau Nicholas Roeg. Ond doedd hi ddim yn un o'm hoff ffilmiau ac roeddwn i wedi'i gweld hi o'r blaen ac am ryw reswm roeddwn i'n flinedig iawn.

# – 3 –

DOEDD DIM DEWIS 'da fi ond mynd i hawlio'r dôl nes i mi ddod o hyd i ryw fath o waith. Felly, es i'r ddinas, yn syth i'r adeilad concrid yn y canol. Roeddwn i'n ddigon cyfarwydd ag ef, ac eisteddais ar un o'r meinciau plastig, caled gyda'm cyd-wehilion dinesig tan daeth fy nhro i ateb rhestr hir o gwestiynau proclyd, personol ac arwyddo peth wmbreth o ffurflenni a bod yn gynnil gyda'r *actualité* ambell waith. A dod allan dan deimlo'n sathredig a darostyngedig. Roeddwn i'n fwrn ar y trethdalwyr, yn baraseit, yn waedsugnwr cymdeithasol. Y fi, yn bersonol, oedd yn gyfrifol am holl broblemau economi'r wlad; doedd dim rhyfedd ei bod hi'n mynd â'i phen iddi.

Prynais gopi o'r papur i chwilio trwy'r colofnau swyddi unwaith eto. Cymerais gipolwg ar y prif benawdau: ysgariad arall yn y teulu brenhinol; llun o wraig y prif weinidog ar ôl iddi dalu £3,000 am gael trin ei gwallt. Roedd hi'n edrych yn neis iawn. Ond, tr'eni am ei cheg.

Roedd hi'n bwrw glaw. Gallwn gerdded 'nôl i'r fflat, doedd hi ddim yn bell, neu gallwn ddal bws. Dal bws neu gerdded. Dewis rhwng bod yn ddarbodus a gwlyb neu'n afradlon a sych. Dewisais y bws. Ond doedd 'na ddim lle i gysgodi rhag y glaw ac roedd y bws yn hwyr iawn yn cyrraedd.

O'm blaen i yn y gynffon o bobl oedd yn aros am y bws safai llanc ifanc; roedd ochrau'i ben wedi'u heillio'n sgleiniog o foel ond roedd rhimyn o wallt yn y canol yn sefyll i fyny fel gwrych ac roedd y mwng hwnnw wedi'i

23

lifo'n binc. Ar hyd ymylon ei glustiau roedd rhesi o fodrwyau yn hongian. Gwisgai siaced ledr â llun penglog ar ei chefn. Pan droes ei ben unwaith gwelais fod ganddo fodrwy yn ymyl ei drwyn ac ar un o'i aeliau. Beth oedd yn drawiadol amdano oedd pa mor hen ffasiwn yr olwg ydoedd, fel 'tasai fe wedi cerdded yn syth o'r wythdegau. Wedi'r cyfan, ar ôl cyfnod hir o Geidwadaeth, aethai'r ieuenctid yn barchus ac yn gydymffurfiol iawn. Edrychent yn daclus ac unffurf ac roedd gwallt y bechgyn, bron heb eithriad, yn gymen. Doedd dim ffasiynau'r ifanc i'w gweld. Mân amrywiadau oedd yn cyfrif; sgidiau (dapiau!) costus, beth oedd y label y tu mewn i'ch siaced, pa fêc oedd eich oriawr. A phan newidiwyd y llywodraeth yn y tirlithrad mawr pan gollodd Ann Griffiths a'i bath eu seddau, cadwyd y ffasiynau ceidwadol, anweladwy. Mor falch oeddwn i o weld o leiaf un rebel ar ôl, yn sefyll yn y cwt o'm blaen i, er ei fod braidd yn fyr o ran corffolaeth i achosi unrhyw chwyldro ar ei ben ei hun.

Daeth y bws, o'r diwedd, a minnau wedi fy ngwlychu at fy nghroen. Ond roedd hi'n rhy hwyr i gadw f'arian a cherdded tua thre. Roeddwn i yn y bws nawr ac wedi talu ac yn eistedd ar un o'r meinciau ochr, ac yn fy wynebu roedd y bachgen modrwyog, pinc ei wallt.

Teimlwn yn chwithig achos roedd hi'n anodd peidio â syllu ar y dyn ifanc gan ei fod union gyferbyn â mi. Ac roedd rhywbeth trawiadol yn ei gylch – er gwaethaf y bwtsias anferth, y jîns carpiog, y siaced ledr fygythiol a'r metalach o gwmpas ei ben, roedd wyneb baban 'dag e, gwawr rhosynnod yn ei ruddiau, llygaid brown tywyll a blew ei amrannau yn hir fel rhai Bambi, yn cyrlio'n ôl ac yn cyffwrdd â'i aeliau tywyll. Roedd y pryd ceriwbig mewn gwrthgyferbyniad llwyr â'r diwyg herfeiddiol. Yn lle edrych yn syth i'w wyneb edrychais i lawr ar ei ddwylo.

Dyma wrthgyferbyniad arall. Bysedd glân, main a dwylo lluniaidd yn dal casgliad o lyfrau a ffeiliau. Ond roeddwn i'n dal i deimlo'n anghyfforddus. Gwyddai fy mod i'n edrych ar ei ddwylo nawr. Felly, trois fy mhen ychydig i edrych heibio iddo i'r stryd.

Stopiodd y bws yn y drafnidiaeth brysur heb fod yn bell o'm harosfan i. Trwy'r diferion a'r rhaeadrau ar y gwydr gallwn weld un arall o fysiau'r ddinas. Yna, fe'i gwelais hi eto. Ie, hi oedd hi, gyda'r gwallt Louise Brooks. Ac nid ei dychmygu roeddwn i. Troes ei phen ac edrych i fyw fy llygaid. Yna, gwenodd a chodi ei llaw a'i hysgwyd yn ffyrnig arnaf i. Fe'm hoeliwyd i'n syth. Yn gegrwth, syllais arni; oedd hi'n ceisio dweud rhywbeth, roedd ei gwefusau'n ffurfio geiriau di-sŵn ond fe'm parlyswyd, wyddwn i ddim beth i'w wneud. Yna, yn sydyn, symudodd ein bysiau ni'n dau. Aeth ei bws hi un ffordd a'm bws innau'r ffordd arall. Codais i fynd at y drws er mwyn cael disgyn. Ond yn rhy hwyr. Roedd e'n mynd yn rhy gyflym. Troes y bws un gornel, ac un arall. A dyna fy stop i. Wrth i mi ddisgyn o'r bws trois i chwilio'n ofer am y llall a cherdded yn syth i mewn i'r bachgen ôl-byncaidd; roedd yntau wedi disgyn yn yr un lle.

"Mae'n flin 'da fi," meddwn i. Mor gymysglyd a dryslyd oeddwn i nes fy mod i'n siarad Cymraeg â dieithryn mewn dinas yng Nghymru – be' nesaf! Ond cyn i mi ymddiheuro eto, yn Saesneg, ac ymddiheuro am feiddio siarad Cymraeg, meddai'r bachgen, yn garedig,

"Mae'n iawn, peidiwch â phoeni o gwbl."

Ond prin y cymrais i sylw. Fe'm taflwyd oddi ar fy echel. Roeddwn i'n torri 'mol eisiau rhuthro'n ôl i ganol y ddinas i chwilio am y bws 'na. Ond dyn a ŵyr i ble'r oedd y bws yn mynd. Sôn am nodwydd mewn tas wair.

Y peth gorau i'w wneud fyddai anelu tua thre, cael

rhywbeth i ginio, a dod yn ôl i'r ddinas yn y prynhawn a chrwydro o gwmpas nes i mi'i gweld hi eto. Teimlwn yn siŵr ei bod hi'n edrych amdana i nawr. On'd oedd hi wedi f'adnabod i? Wedi ceisio denu fy sylw drwy ffenestri'r bysiau, drwy'r glaw?

Roeddwn i'n cerdded yn ôl i gyfeiriad y fflat, yn dal i feddwl am beth oedd wedi digwydd ac yn ceisio cynllunio beth i'w wneud pan ddes i at gornel y stryd. Pwy oedd yn dod mas o'r siop gyda bag plastig a neges ynddo, ond y bachgen â'r benglog ar gefn ei siaced. Roedd e'n cerdded o'm blaen i, ond bob hyn a hyn trawai gipolwg arna i dros ei ysgwydd. Beth oedd yn bod arna i? Mwy na thebyg fy mod i'n ymddwyn yn rhyfedd ac yn edrych yn llwydaidd – synnwn i ddim; ar ôl a welswn i. Ysbryd go iawn! Rhywun wedi dod 'nôl o farw'n fyw.

Yna allwn i ddim credu fy llygaid eto. Roedd Johnny Rotten yr ail yn mynd i mewn i'r tŷ lle'r oeddwn i'n byw. Agorodd y drws ffrynt gydag allwedd. Rhaid ei fod e'n byw ar y llawr isaf, meddyliais. Ond na, pan es innau drwy'r drws, dyna lle'r oedd e'n sefyll ar y grisiau yn profi allwedd yn nrws fy fflat i. Pan gyrhaeddais y landin y tu ôl iddo cefais gipolwg ar y nwyddau yn y bag – tuniau ffa pob.

"Shw ma' 'i?" meddai'n swil, ac er nad oedd angen iddo'i gyflwyno'i hun, ychwanegodd, "Owain Glyndŵr Ffawsett ydw i."

Estynnodd ei law dde osgeiddig tuag ataf ac fe'i cymerais i'w hysgwyd, llaw oer a thenau, heb unrhyw afael na nerth ynddi.

"Ti yw fy nghymydog newydd," meddai, gan agor y drws i'r fflat o'r diwedd.

"Ie," meddwn i. "Mr Cadwaladr. Dw i wedi bod 'ma ers…"

"Ers amser, heb 'y ngweld i, dw i'n gwpod." Roedd ganddo acen un o ysgolion Cymraeg y ddinas.

Aethon ni'n syth i'r gegin. Roeddwn i'n disgwyl iddo ddihengyd i'w ffau, ond wnaeth e ddim chwarae teg iddo. Dadlwythodd ei becyn a dodi'r tuniau yn un o'r cypyrddau a'u trefnu i sefyll yn daclus fel milwyr ar y silff.

Roeddwn i'n dal i deimlo'n chwil a chrynedig ar ôl fy mhrofiad ar y bws.

"Wyt ti'n teimlo'n iawn, Mr Cadwaladr? O'n i'n meddwl dy fod ti'n mynd i lewygu ar ôl dod off y bws 'na. Look as if you've seen a ghost."

"Dw i wedi – mewn ffordd."

"Ti ddim yn mynd i gael wobli, nac wyt ti?"

"Dw i ddim yn credu. Wobli?"

"Ti'n gwpod, *funny turn, bender.*"

"Na, dw i ddim yn credu."

"Paned o goffi?"

"Byddai hynny'n wych."

"Byddai'n wir, ond, alli di'i 'neud e dy hun, Mr Cadwaladr? Sa i'n siŵr sut i 'neud coffi."

"Ond mae coffi *instant* yn y cwpwrdd."

" 'Na fe, t'wel, sa i'n gallu 'neud *instant coffee.*"

Codais i lenwi'r tecell. Sŵn y dŵr. Dim ond y rhediad oer. A daeth y weithred seml honno â mi yn ôl at fy nghoed. Cymerais ddau fŷg o'r goeden fygiau a'r jar coffi o'r cwpwrdd.

"Ond fe gymeri di goffi 'da fi nawr, 'nei di, Owain Glyndŵr?"

"Plis," meddai gan eistedd wrth y ford yn barod. "A plis, galwa fi'n O.G. – ô-gee-Americanaidd, plis. Dim ô-eg. Fel O.J.Simpson.

"O cê. O.G."

"Da iawn, Mr Cadwaladr." Arhosodd ychydig ar ôl

dweud f'enw, gan awgrymu y dylwn i gynnig mwy 'na Mr Cadwaladr. Ond wnes i ddim.

"Sut wyt ti'n licio dy goffi, O.G.?"

"Du, tri siwgwr."

"Gwranda O.G., dw i'n mynd i 'neud tamaid o ginio nawr, cyn i mi fynd mas 'to. Croeso i ti aros i gael peth 'da fi!"

Ystyriodd y bachgen am eiliad cyn ateb.

"Be' ti'n mynd i'w gael?"

"Dw i'n mynd i goginio moron a chabaets a *peanut butter*."

"Wel, os caf i aros...?"

"Cei, wrth gwrs, dim problem. Rhaid i ti gael rhywbeth gwahanol i'r tuniau ffa 'na o hyd. Dw i'n eitha bodlon dangos i ti sut i goginio, os doi di i'r gegin amser cinio ac amser swper."

"Ti'n dipyn o Delia Smith 'te," meddai O.G.

"Mwy o Fanny Cradock a gweud y gwir," meddwn i gan daenu'r *peanut butter* dros y moron a'r cabaets ar y platiau.

"Be' ddigwyddodd i ti ar y bws 'te?" holodd O.G. wrth i ni'n dau estyn at y bwyd yn awchus.

"Dw i ddim yn siŵr eto," meddwn a chan nad oeddwn i ddim, ceisiais droi'r ddadl. "Felly, myfyriwr wyt ti yn y brifysgol. Beth wyt ti'n ei astudio?"

"Dw i'n 'neud gwaith ymchwil," meddai.

Rhaid i mi gyfaddef, prin y gallwn ei goelio. Roedd e mor ifanc yr olwg.

"Pa waith ymchwil?" gofynnais.

"Dw i'n neud PhD," meddai.

"Ond ti ddim yn mynd mas yn aml. Wyt ti'n mynd i'r llyfrgell o gwbl?"

"Weithiau, ond 'sdim lot o wa'niaeth rhwng bod yn

segur a bod yn fyfyriwr ôl-raddedig, nac oes?"

"Beth yw testun dy draethawd di?"

"Siopa."

"Ti'n 'neud doethuriaeth ar siopa?" meddwn i mewn syndod. Ro'n i'n dechrau amau ei fod e'n tynnu fy nghoes. Ond na, roedd y peth yn wir, roedd e'n sgrifennu hanes y siopau mawr moethus yn y ddinas – Emrys Rees-Evans, Hywel Hughes, Hopkins & Jones, ac yn y blaen.

"O leia, dyna bwnc y gwaith ymchwil arfaethedig," meddai O.G. a chroesodd cysgod o ddigalondid ei wyneb babanaidd. "Ond dw i ar 'y mhedwaredd flwyddyn yn barod a... 'smo fi wedi 'neud strôc o waith."

Diog yn y coleg a diog yn y gegin, meddyliais i, ond fel petai wedi darllen fy meddwl ychwanegodd O.G. yn hunan amddiffynnol,

"Dw i'n ceisio gweithio, dw i'n mo'yn gweithio ond dw i'n dioddef o agoraffobia. Dyna pam dw i ddim yn gallu dod mas o'r stafell 'na yn aml. Ffaelu wynebu pobl, na'r byd mawr y tu allan. Wrth gwrs, dw i'n gorfod mentro weithiau, i brynu bwyd, fel heddi, er enghraifft. Ond dw i'n gorfod seico i fyny. Ac weithiau mae'n cymryd dyddiau, jyst i 'neud hynny."

"Ti wedi bod i weld y doctor?"

"Ma' 'da fi dabledi i helpu i setlo fy nerfau."

Cymerais ein platiau o'r ford a dechrau'u golchi nhw yn y bosh.

"Beth wyt ti'n 'neud, Mr Cadwaladr?"

"Dw i'n ddi-waith ar hyn o bryd," meddwn i, a dywedais beth o'm hanes diweddar wrtho; fy ngradd, methiant y dosbarthiadau nos, teithio'n ddiweddar i ddysgu Saesneg fel iaith estron, heb fawr o lwyddiant. Ond, ni ddywedais y cyfan. Pwy sy'n datgelu popeth? Yn enwedig y cyfarfod cyntaf.

"Pam 'nei di ddim cofrestru yn y coleg 'ma i 'neud gwaith ymchwil?" gofynnodd O.G.

"Gradd ddi-nod sy 'da fi, Owain Glyndŵr".

" 'Sdim ots", meddai. "Maen nhw'n despret i gael myfyrwyr – y colegau'n cystadlu gyda'i gilydd ar draws y wlad, y politecnics wedi troi'n brifysgolion, mwyafrif y myfyrwyr yn gorfod talu ffioedd. Mae'r hen safonau wedi mynd. Beth amdani? Mae'n well na bod ar y dôl a ti ddim yn gorfod 'neud lot o waith."

"Mi wna i ystyried y peth." A gweud y gwir roedd y syniad yn apelio. O leiaf fyddai'r bobl nawdd cymdeithasol ddim yn fy mhlagio am dipyn.

"Cyn bo hir," meddai O.G., "bydd yn rhaid i ti gael PhD i gael gwaith yn Woolworth neu McDonald's."

Sychu'r llestri roeddwn i pan welais i O.G. yn sleifio i gyfeiriad ei stafell.

"Paid â bod yn garcharor yn dy gwtsh di," meddwn i wrtho.

"Baswn i'n falch 'taset ti'n galw arnaf i ambell waith, Mr Cadwaladr," meddai. "Dw i'n siŵr, 'taset ti'n fodlon dod 'da fi'n gwmni, y gallwn i fynd i mewn i'r siopau mawr fel rhan o'm gwaith ymchwil, i edrych arnyn nhw, siarad â'r rheolwyr, gofyn cwestiynau. Faset ti'n fodlon dod 'da fi, Mr Cadwaladr?"

"Baswn, wrth gwrs."

Bachan ffein yw Owain Glyndŵr, meddyliais wrth gerdded 'nôl i'r ddinas, trueni am ei agoraffobia.

Cerddais a chrwydrais o gwmpas y ddinas fel ci ar goll yn chwilio am ei gynffon. Doedd y glaw ddim yn drwm, dim ond smwclaw dyfal ydoedd a chyn hir roeddwn i'n wlyb at fy nghroen eto, fy nillad yn glynu wrth fy nghorff, a 'nhraed yn fy sgidiau yn gwneud sŵn sgwish sgwish.

Roedd adeilad yr hen lyfrgell yn yr un lle ond roedd ar

gau a llyfrgell newydd sbon danlli panlli wedi'i chodi heb fod yn bell o ganolfan siopa'r ddinas. Adnewyddais fy nhocyn. Lle crand oedd y llyfrgell newydd, yn lifftiau ac yn wydr i gyd a goleuadau llachar a charpedi a byrddau hirion plastig. Ond ble'r oedd yr hen ddarllenwyr? Yr hen gymeriadau rhyfedd? Oedden nhw'n dal i fod yn yr hen le mwy cartrefol, fel ysbrydion yn ei hawntio? Neu, ynteu, a fu'n rhaid cael gwared arnynt gyda'r hen bethau nad oeddynt yn cyd-fynd â'r sioe bensaernïol newydd? Arhosais i ddim yno'n hir. Roedd hi'n dwymach na'r llyfrgell arall o ran tymheredd, ond roedd naws oerach i hon. Doedd hi ddim yn llyfrgell go iawn eto.

Mas i'r strydoedd eto. Ai breuddwyd gwrach oedd hi neu a oedd y glaw a'r gwynt yn gostegu o'r diwedd? Ond pa obaith oedd 'da fi o ddod o hyd iddi fel hyn? Y peth gorau i'w wneud oedd cadw fy llygaid ar agor a gobeithio'i dal hi y tro nesaf.

Ac yn sydyn fe'm cefais fy hunan yn sefyll y tu allan i adeilad newydd arall ac arwydd (llythrennau *sans serif* gwyn ar gefndir clir) yn dweud 'Cofrestrfa'. Tynged, meddyliwn i, ac i mewn â mi.

A dyna sut y bu imi ddod yn fyfyriwr ymchwil yn Adran y Gymraeg, coleg y ddinas hon. Er nad yw'n cael ei galw'n Adran y Gymraeg nawr gan fod 'Y Gymraeg' mor amhoblogaidd ac yn dychryn darpar fyfyrwyr. Ei henw nawr yw 'Yr Adran Astudiaethau Amlgyfryngol Pan-Geltaidd'. A ches i ddim trafferth i gael fy nerbyn i wneud gwaith ymchwil, hyd yn oed gyda fy ngradd sâl i - maen nhw'n derbyn unrhyw un nawr, yn wir maen nhw' n crefu am fyfyrwyr ymchwil, fel y dywedodd Owain Glyndŵr. Teitl fy nhraethawd-i-fod yw 'Hanes "Y Ferch ar y Cei yn Rio" gan T.H.Parry-Williams'.

# – 4 –

CEFAIS FRAW ar f'ymweliad cyntaf â stafell Owain Glyndŵr.
Roedd hi'n dywyll a'r llenni heb eu hagor, a hithau'n
brynhawn. Un gannwyll ar y ford fechan wrth ochr ei
wely oedd yr unig olau – safai mewn soser a'i chwyr, a
chwyr sawl cenhedlaeth o ganhwyllau, wedi gorlifo dros
ymyl y soser, dros y ford ac ar y carped, yn rhaeadrau
amryliw wedi caledu. Ar wasgar ar hyd y llawr roedd
dillad ac is-ddillad (heb fod yn rhyw lân iawn) a
phapurach. Roedd drysau'r wardrob a'r droriau yn
agored, led y pen, heb ddim ynddynt – fel petai rhyw leidr
wedi torri i mewn i chwilio am rywbeth. Ar y llawr, wrth
ymyl y gwely, roedd soseri eraill yn llawn ac yn gorlifo o
fonion sigaréts. A'r hyn a'm dychrynodd am gyflwr y stafell
oedd mor debyg roedd hi i rai o'm hen gartrefi innau.
Ond allwn i ddim byw fel 'na nawr.

" 'Stedda lawr," meddai Owain Glyndŵr. Ond doedd
dim cadair a dim lle ar y llawr ymhlith y sbwriel, felly
eisteddais ar gornel y gwely.

" 'Smo fi byth yn agor y llenni," meddai, "achos mae
pen tost 'da fi ac mae'r golau'n brifo 'yn llygaid i."

Roedd Owain Glyndŵr, mae'n amlwg, yn derbyn ei ben
tost fel peth parhaol a digyfnewid. Prin y gallwn anadlu
yno oherwydd y cwmwl glas o fwg sigarét a hongiai yn yr
awyr a drewdod hen sigaréts, hen chwys, ac oglau eraill.

Wrth i'm golygon ymgyfarwyddo â'r hinsawdd a'r gwyll
sylwais ar argraffiad rhad o lun mawr a thywyll wedi'i
binio ar y wal gyferbyn â'r gwely. Hwn oedd yr unig

addurn yn y stafell.

"Jericoh," meddai O.G., neu dyna a glywais i. "Ti'n gyfarwydd â'i waith?"

Dw i'n un o'r bobl ymhongar 'ma sy'n ofni dangos unrhyw lygedyn o anwybodaeth.

"Ydw," meddwn i. "Ond dw i ddim yn gyfarwydd â'r gwaith hwn."

"Hwn yw ei brif gampwaith," meddai O.G. "Yn wir, wnaeth e nemor ddim byd arall o unrhyw nod. 'Rafft y *Medusa*'. Ti'n gwpod y stori y tu ôl i'r llun, wrth gwrs?"

Fe'm cornelwyd y tro hwn.

"Nac ydw."

"Ar ôl llongddrylliad y *Medusa* aeth nifer o'r morwyr ar y rafft 'ma a dyna lle y buon nhw am wythnosau nes i long arall achub y goroeswyr. Ond cyn hynny roedd rhai o'r dynion wedi byta cnawd rhai o'r lleill. Ac os edrychi di'n ofalus fe weli di'r darnau o gyrff 'ma, lawr yn y gornel 'ma, dishgwl. Maen nhw wedi byta'r gweddill. Canibaliaeth yw testun y llun. Ond 'dyw e ddim yn amlwg, nac yw e?"

Ych-a-fi, meddyliwn i, wrth i olygfa enwog o un o'r dyrnaid o ffilmiau da o'r nawdegau saethu trwy fy meddwl – Anthony Hopkins yn gwneud y swn 'na 'da'i dafod wrth sôn am fyta afu rhywun 'da photel o *chianti*.

"Mae canibaliaeth yn ddiddorol, 'smo ti'n meddwl?" meddai O.G. Ac yn sydyn, teimlwn fod rhywbeth sinistr, efallai, y tu ôl i'r wyneb babïaidd. Ceisiais droi'r stori, gan fod yr un oedd dan sylw yn codi pwys arnaf i, heb sôn am y llun a'i awyrgylch trymaidd a naws afiach y stafell.

"Beth am inni fynd i'r gegin i gael rhywbeth i fyta?"

"Be? Afu a *chianti*?" gofynnodd O.G. gan ddynwared Anthony Hopkins i'r dim. Roedd e'n gallu darllen fy meddwl.

"Beth am *anchovies* mas o dùn gyda bananas wedi'u pobi?"

" 'Sdim wa'niaeth 'da fi," meddai O.G. "Dw i ddim yn gallu blasu dim oherwydd yr holl ffags dw i'n smygu."

Doedd fy ngwaith ymchwil ddim wedi dechrau yn swyddogol eto a wyddwn i ddim a gawn i unrhyw ysgoloriaeth neu beidio. Byddwn i'n gorfod trefnu benthyciad fel arall. Felly, ar ôl swper es i am dro, gan nad oedd hi'n bwrw glaw, i barc y castell. Pwy a ŵyr, meddyliwn i, 'fallai y bydda i'n ei gweld hi yno. Roedd hi'n hynod o hoff o barciau, gerddi a choed.

Roeddwn i wedi mynd i ganol y parc ac yn dechrau ymlacio pan, er mawr syndod i mi, clywais rywun yn gweiddi, "Mr Cadwaladr! Mr Cadwaladr". A phan drois fy mhen, pwy oedd yn dod tuag ataf i ar draws y lawnt lydan, wastad, 'da dau gi gwyn a brown ar ei ôl, ond Cyril List-Norbert, oedd yn arfer dod i un o'm dosbarthiadau nos erstalwm. Arferwn feddwl amdano fel 'Llysnafedd' ar gorn ei wallt seimllyd a'i ddannedd gwyrdd. Doedd dim modd dianc na chymryd arnaf i nad oeddwn wedi'i glywed. Roeddwn i reit yng nghanol y gwyrddni heb na pherth na choeden gerllaw i guddio y tu ôl iddi.

"Wel, Mr Cadwaladr, sut yr ydych chwi, er-ys-talwm?" Roedd ei Gymraeg wedi gwella ond roedd ei wallt a sawr ei anadl cynddrwg ag erioed.

"Da iawn, Mr List-Norbert, sut 'ych chi?"

"Yr wyf fi yn rhagorol, diolch yn fawr." Roedd e'n wên o glust i glust, yn gwneud sioe o'i ddannedd mwsoglyd, gan mor falch oedd e ei fod wedi fy nal i. "A fyddwch chi'n gweled rhai o'r hen criw o bryd i'w gilydd? Gary, Menna, Manon...?" Roedd e'n cofio pawb yn llawer gwell nag y gallwn i. Roedd 'da fi ryw luniau niwlog o bob un o'r wynebau, ond ddim yr enwau – ar wahân i Lysnafedd ei hun a oedd fel tatŵ clir ar fy nghof. "Ac un person amlwg arall..."

Neidiai'r ddau gi ataf o hyd gan geisio llyfu fy wyneb. Roedden nhw'n rhy gyfeillgar o lawer, fel eu meistr. Fyddwn i ddim wedi poeni amdanyn nhw pe na bai eu pawennau'n fawlyd ac yn wlyb.

"O, esgusodwch fi, Mr Cadwaladr, a gaf i gyflwyno'r ddau yma i chwi. Radica a Dwdica," meddai gan wenu fel lawnt.

Allwn i ddim gweld unrhyw wahaniaeth rhwng y naill a'r llall.

"Y maent hwy yn efeilliaid yr un ffunud," meddai, "ond nid ydynt yn Siamïaid." Chwarddodd ar hynny fel petai wedi dweud rhywbeth y tu hwnt o ddoniol. Ofnwn ei fod e'n dechrau colli'i bwyll – yr holl ieithoedd 'na, yr holl gyfieithiadau.

"Pa frid 'yn nhw, Mr List-Norbert?"

"Spangwn Sbonciog Cymreig."

Edrychais arno'n syn, heb fedru cuddio'r ffaith nad oedd amcan 'da fi am beth roedd e'n siarad.

*"Welsh Springer Spaniels,"* esboniodd yn yr iaith fain gyda dim ond yr arlliw lleiaf o fod yn nawddoglyd, chwarae teg iddo. "Nid ydwyf wedi eich gweled chwi erys rhyw dair neu pedwar blynyddoedd. Beth ydych chwi wedi bod yn ei wneuthur?"

Adroddais hanes fy mywyd ar ôl methiant y dosbarthiadau gan geisio gwneud i'r teithiau tramor i ddysgu Saesneg swnio mor anturiaethus a diddorol ag y gallwn. Ond buan y disbyddais fy mhecyn celwyddau. Felly, gofynnais iddo beth roedd e'n ei wneud.

"Wel, diolch i'ch dosbarth godidowgrwydd chwi, Mr Cadwaladr, mi a euthum ymlaen i astudio'r Gymraeg fel efrydydd amser llawn yma yn y ddinas ac ennill gradd ddosbarth cyntaf. Ac yna mi a ddechreuais waith ymchwil ar gymhariaeth o weithiau Kafka a Llywelyn, ond nid wyf wedi'i gyflawni eto oherwydd fe'm penodwyd yn ddarlithydd amser llawn yn yr Adran ar gorn fy ngraddau eraill a'm gwybodaeth o ieithoedd eraill..." Cymerodd ei wynt. "A nawr yr wyf yn dysgu dosbarthiadau nos ar lenyddiaeth Gymraeg hefyd. Fel y mae'r cylch yn troi, Mr Cadwaladr."

Teimlwn yn ddigon digalon i fynd i gyflawni *hara-kiri* ar y lawnt ond doedd Llysnafedd na'i gŵn ddim yn barod i adael i mi gael y pleser hwnnw eto.

"Pa beth ddigwyddodd i'r aelod arall 'na o'r dosbarth?"

"Pa aelod arall?" Roeddwn i'n dal i deimlo'n dost ar ôl clywed am lwyddiannau Llysnafedd.

"Chwychwi'n gwybod. Yr oeddech chwi a hi yn ddigon hoff o'ch gilydd. Yr oedd gan Menna a Manon a finnau ddamcaniaeth eich bod chwi'n canlyn." Chwarddodd Llysnafedd eto gan ddangos y dannedd ofnadwy 'na. "A fyddwch chwi yn ei gweld hi nawr?"

"Na," meddwn i. "Fydda i ddim yn ei gweld hi o gwbl."

"Beth oedd ei henw hi nawr?"

"Dw i ddim yn cofio."

"Onid Mrs Norton oedd ei henw hi?"

"O ie, wrth gwrs, chi'n iawn, Mr List-Norbert."

"O wel, hwyl fawr, Mr Cadwaladr. Yr ydym yn siŵr o gwrdd eto. Hwyl." Oedden, roedden ni'n siŵr o gwrdd erbyn meddwl, os oedd e'n aelod o staff yr Adran Ban-Geltaidd a minnau'n fyfyriwr ymchwil. O leiaf wnaeth Llysnafedd ddim gwneud hwyl ar ben fy mhwysau na'm moelni; fyddai fe ddim wedi sylwi ar bethau fel 'na.

Roeddwn i'n ceisio deall y jôc – 'ddim yn Siamïaid', ddim yn gathod mae'n amlwg – pan welais hi eto yn y pellter. Y toriad gwallt geometrig, y croen gwyn a'r minlliw coch tywyll, tywyll fel briw. Roedd hi'n gwisgo côt o'r un lliw ac yn mynd trwy glwyd fechan yn wal derfyn y parc. Gweiddais arni ond cipiwyd f'edau o lais gan y gwynt a chlywodd hi mohonof i. Aeth drwy'r glwyd i labrinth swbwrbia. Dechreuais redeg yn y gobaith o'i dal cyn iddi ddiflannu'n llwyr unwaith eto i grombil y ddinas. Ond ar ôl yr holl law roedd y borfa'n socian a chefais drafferth symud fy nhraed. Câi fy holl awydd i redeg ei rwystro gan fy nghorff a chan y ddaear a disgyrchiant. Allwn i ddim magu unrhyw gyflymdra er ymdrechu'n daerach na thaer. Teimlwn fel dyn mewn ffilm wedi'i harafu. Erbyn i mi gyrraedd y llwybr caled lle gallwn i fod wedi rhedeg yn haws, roedd fy nhraed yn wlyb, cyhyrau fy nghoesau'n brifo a'm gwynt yn fy nwrn. Ofer rhedeg, ta beth, roedd hi wedi hen ddiflannu. Suddodd fy nghalon i'm sanau gwlyb. Fyddwn i byth yn ei dal, roedd hi fel Rhiannon, fyddwn i byth yn ei gweld hi eto.

# – 5 –

"Pan ddaeth Dy-dy-doctor Lly-lly-llywelyn ddoe," meddai Owain Glyndŵr gan ddynwared ein haddfwyn landlord a'i atal dweud ffug yn ddidrugaredd (ond yn hynod o debyg iddo), "i gasglu'r rhent, dywedodd ei fod e'n chwilio am rywun i gymryd y stafell sbâr."

"Bydd tri o bobl yn y fflat 'ma yn ormod," meddwn i. "Mae'n rhy fach o lawer."

"Ro'dd e'n gofyn a oedden ni'n nabod rhywun, achos doedd e ddim eisiau dod â neb 'ma fyddai'n sbwylio pethau i ni."

Pwynt da. Dros yr wythnosau diwethaf bu O.G. a minnau'n cyd-dynnu'n ardderchog, er nad oedd e ddim wedi dysgu sut i olchi llestri na choginio eto, ond roedden ni'n dechrau dod yn gryn gyfeillion. Gallai dieithryn newydd ddifetha'n hafan ni. Gallai fod yn swnllyd, yn gas, yn gaeth i gyffuriau gyda chriw o gyfeillion annymunol; gallai fod yn frwnt (yn fwy brwnt nag O.G. – sgersli bilîf!), gallai fod yn wrth-Gymreig, yn waedsugnwr, yn wallgofddyn, yn llofrudd.

"Rhaid inni chwilio am rywun addas, glou," meddai Owain Glyndŵr.

Ystyr 'ni' yn y cyd-destun hwn oedd 'y fi ar 'y mhen fy hun' gan na allai O.G. agor y drws ar ei ben ei hun heb gael gwasgfa.

Yn y prynhawn cnociais wrth ddrws ac arno arwydd (llythrennau *sans serif* gwyn ar gefndir clir) yn dweud 'Dr Chris Powell'. Dyma'r aelod o staff yr Adran a fyddai'n cyfarwyddo fy nhraethawd.

"Dewch i mewn," meddai llais clir ond llawn.

"Y fi yw Mr Cadwaladr," meddwn i; teimlwn yn nerfus yn sydyn, am ryw reswm.

Roedd naws ysgolfeistraidd yn y stafell – y ddesg fawr, y llyfrau, y ffôn, y prosesydd geiriau yn y gornel, a phapurach ym mhobman. Ar yr un pryd roedd 'na awyrgylch cartrefol – planhigion, lluniau teuluol, lampau a'u golau fel mêl.

"Y fi yw Dr Chris Powell," meddai gan estyn llaw yr oedd ei gafael yn annisgwyl o gadarn i mi ei hysgwyd. "Ond fe gei di 'ngalw i'n Chris. Man a man i ni fod yn gyfeillgar o'r dechrau, gan ein bod ni'n debygol o fod ynglŷn â'r prosiect 'ma am dair blynedd o leia, ontefe? Nawr 'te. Dw i wedi bwrw golwg dros dy C.V. Dau dau sydd 'da ti dwi'n gweld. Sy'n dangos i ti wneud dy radd mewn oes a fu, wa'th 'dyn ni'n rhoi o leia dau un i bob myfyriwr nawr, rhag ofn. Y coleg sy'n ein gorfodi ni. Mae'n denu mwy o fyfyrwyr ac arian. Chi'n cael dosbarth cynta am besychu mewn darlith nawr."

Dangosodd y llaw gadair esmwyth i mi o flaen y ddesg ac eisteddais ynddi. Roedd hi'n gyfforddus iawn – ei breichiau fel petaent yn fy nghofleidio, a'm cefn yn suddo iddi.

"Nawr 'te, be' alla i d'alw di?" gofynnodd Dr Powell.

"Mr Cadwaladr," meddwn i.

"Oes 'da ti enw bedydd – er na ddylwn i ddim dweud 'bedydd'; 'fallai dy fod ti'n fwslim neu'n fwdydd, neu'n anghredadun, neu heb dy fedyddio – felly, oes enw cynta 'da ti?"

"Oes," meddwn i. "Wrth gwrs."

"Gallwn i d'alw di'n 'Cadi'," meddai Dr Powell.

"Dim diolch. Dim ond Mr Cadwaladr."

"Nawr am y traethawd 'ma. Testun hynod o ddiddorol, os ca i ddweud, 'Hanes "Y Ferch ar y Cei yn Rio" T.H. Parry-Williams'. Fel y gweli di dw i'n dipyn o ffan o'r hen Barry Bach fy hunan – dyna'i lun wedi'i fframio yn y gornel 'na. A'r hen Kate man'yn, a Saunders, wrth gwrs. Braidd yn ystrydebol, dw i'n cyfadde – stafell darlithydd mewn Adran Astudiaethau Amlgyfryngol Pan-Geltaidd a lluniau o lenorion Cymru ar y wal, ond os nag 'yn ni'n gwerthfawrogi'n llenorion pwy sy'n mynd i wneud? Yn Iwerddon maen nhw'n rhoi llenorion lan ym mhobman – Joyce, Beckett, O'Casey, Brendan Behan, maen nhw'n arwyr iddyn nhw. Gyda llaw, liciet ti gael paned?"

"Liciwn," meddwn i.

"Te neu goffi?"

"Coffi, os gwelwch yn dda." Cododd Dr Powell y ffôn a phwyso botwm. "Alli di ddod â dwy baned o goffi lan i ni… ie, a siwgr a llaeth, hefyd. Diolch. 'Na ti air sydd wedi lledaenu fel haint dros y wlad, ontefe? 'Paned'. Dw i'n dod o'r de fel ti, Mr Cadwaladr, ac o'n i'n arfer gweud 'dishgled'. Mam wastad yn gweud 'dishgled', neb yn gweud dim byd arall, ond 'cwpanaid' i fod yn ffurfiol, weithiau. Ond nawr mae pawb yn gweud 'paned' – 'na'r unig air ar y teledu ac mae'r myfyrwyr i gyd yn gweud 'paned'. Hyd yn oed yn ysgolion y de nawr mae'r plant yn gweud 'paned' – waeth mae'r rhan fwyaf o'r athrawon yn dod o'r gogledd. Does 'da fi ddim byd yn erbyn gogleddwyr, paid â'm camddeall i. Yn wir mae 'mhriod yn dod o'r gogledd, o Gaernarfon. Chris yw enw 'mhriod hefyd, cred ti neu beidio. A nawr dw i wedi mynd i weud 'paned' hefyd. 'Panad' – hyd yn oed. Mae 'nghydweithwyr i'n dod o'r gogledd hefyd, t'wel, ac eithr un, sef Mr List-Norbert sy'n dod o Loegr. Does neb yn deall am be' dw i'n siarad os dw i'n gweud 'dishgled'. Mae iaith y de yn cael ei lladd, Mr Cadwaladr. Pan aethon ni i'r Wladfa ar ein gwyliau'r llynedd o'n i'n synnu i glywed rhai o hen Gymry'r Ariannin yn gweud 'soser o de'."

Daeth cnoc wrth y drws i dorri ar draws yr araith ac, wysg ei gefn – yn gwthio'r drws gyda'i ysgwydd gan ei fod yn cario hambwrdd â'r pethau coffi arno – daeth dyn mawr canol oed i mewn.

"Dyma Gwynfab," meddai Dr Powell. "Ysgrifennydd yr Adran. Dyma Mr Cadwaladr, myfyriwr ymchwil newydd, ond un o raddedigion yr Adran. Cyn ein hamser ni, Gwynfab."

Chwarddodd y ddau. Roedd Gwynfab yn dalp o ddyn glas tywyll fel haearn, ei fochgernau'n las fel dur, trwch o wallt brith ar ei ben, a chefnau'i ddwylo'n flewog fel epa. Allwn i ddim tynnu fy sylw oddi wrth ddwy gangen o flew a dyfai o'i drwyn, fel petai rhyw chwilen yn nythu yn ei ffroenau.

"Ow, na, Chris, w i lot yn rhy ifanc i gofio hwn," meddai Gwynfab mewn llais bach uchel a merchetaidd, oedd yn hollol groes i'w wedd gorfforol flewog a gwrywaidd.

Chwarddodd y ddau eto.

"Llefrith?" gofynnodd gan ddal y pecyn llaeth uwchben un o'r mygiau.

"Os gwelwch yn dda," meddwn i.

"Cei di roi dy thiwgwr dy hun, er dw i'n thiŵr dy fod ti'n ddigon melyth." Chwarddodd ef a Dr Powell eto. Roedden nhw'n cael lot o hwyl. "Toeth dim angan i mi ofyn i Chrith, yn tydw i'n ddigon cyfarwydd ag anghenion paneidiol pob un o'r thtaff?" A rhoes hwp bach cellweirus i mi gyda'i benelin a wincio ar Dr Powell.

Chwarddodd y ddau wrth i Gwynfab ymadael.

"Tipyn o Sioni-fenyw," meddai Dr Powell. "Ond ma' fe'n iawn, mae pawb yn yr Adran wedi dod yn gyfarwydd ag e bellach."

Cymerais fy nghoffi.

"Nawr 'te, i ddod yn ôl at y gwaith ymchwil 'ma ti'n bwriadu'i 'neud, Mr Cadwaladr; wyt ti'n teimlo bod digon o ddyfnder yn y testun?"

"Ydw, mae'n fwy nag un gerdd. Bydda i'n 'neud astudiaeth o deithiau Parry-Williams a'i ymdeimlad o alltudiaeth hyd yn oed yn ei fro."

Wrth i mi ymhelaethu ac ymdrechu i gyfiawnhau fy nghynlluniau roedd Dr Powell wrthi'n daer yn sgrifennu ar bad o bapur – bysedd mawr cryf ond tenau ac esgyrnog. Er bod y doctor yn gymharol ifanc, ifancach na mi, tua phymtheg ar hugain efallai, ni allwn synio am ysgolhaig wrth yr enw Chris. Wedi dweud hynny nid oedd dim byd ysgolheigaidd yr olwg am Dr Powell; gwisgai jîns a chrys ysgafn, pethau lliwgar a hamddenol. Hwyrach bod y sbectol yn ystrydebol o fawr, yn dylluanaidd yr olwg, ond roedd hyd yn oed hynny'n ffasiynol nawr.

"Yn yr amlinelliad o'r cynllun," torrodd y doctor ar draws llif fy ngeiriau a'm meddyliau, "ti'n sôn am geisio dod o hyd – a dw i'n dyfynnu – 'i wreiddiol y Ferch ar y Cei yn Rio, gwrthrych y gerdd'. Sut rwyt ti'n bwriadu gwneud hynny, Mr Cadwaladr?"

"Dw i'n credu y byddai rhywun arall wedi sylwi ar y greadures – rhyw deithiwr arall, bardd neu lenor – rhaid ei bod yn ffigwr cyfarwydd i drigolion Rio. Dw i'n mynd i chwilio am lun ohoni, am storïau, atgofion. Dw i'n mynd i sgrifennu at haneswyr ac archifwyr Rio."

Roedd Dr Powell yn gwrando'n astud arna i, dan wgu – y rhychau bach ar y talcen ac o gwmpas y llygaid yn dynodi deallusrwydd. Ond beth oedd yn mynd ymlaen ym meddwl y doctor? Oedd fy syniadau'n dal dŵr neu a oeddynt yn swnio'n hurt?

"Cyn i ti fynd ymlaen, ga i 'neud un sylw bach,

Mr Cadwaladr?"

Amneidiais i ddangos y câi.

" 'Smo ti'n ofni bod 'na berygl 'ma i fod tamaid bach yn *boring*?"

"Ys dywed y Sais, *'Boring is in the eye of the beholder'*."

"Jiw, jiw! 'Na i ti *epithet* bach bachog," meddai Dr Powell. "A phwy Sais yn union wnaeth y sylw craff 'na?"

"A gweud y gwir, Dr Powell," meddwn, "dw i ddim yn cofio." Ac yn wir doeddwn i ddim ar y pryd. Yn nes ymlaen cofiais taw Ann Griffiths oedd wedi'i ddweud a dyna'r unig dro i mi'i glywed. A doedd hi ddim yn Sais o gwbl. Hen esgus y Dic Siôn Dafyddion i droi at yr iaith fain yw'r 'ys dywed y Sais' 'na.

Cawson ni drafodaeth hir a buddiol ac ar ei diwedd cytunodd Dr Powell i gyfarwyddo fy nghynllun ymchwil. Cam byr oedd hi o'r Adran AAP-G i Lyfrgell y Brifysgol. Llyfrgell eithaf tebyg i lyfrgell y ddinas oedd hon, adeilad aml-lawr, concrid a gwydr a phlastig. Chwiliais am y casgliad o lyfrau Cymraeg a dod o hyd iddo mewn cornel ar y llawr uchaf. Penderfynais yn y fan a'r lle 'mod i'n mynd i weithio'n gydwybodol ar fy nhraethawd a do'n i ddim yn mynd i wastraffu f'amser fel 'nes i wrth wneud fy ngradd gyntaf.

Roedd golwg drist ar y cyfrolau Cymraeg. Roedd 'na haenen o lwch drostyn nhw i gyd. Ond roedd 'na ddigon ohonyn nhw. Ble i ddechrau, dyna'r cwestiwn.

"Wel, wel, Mr Cadwaladr!"

O, na! Llysnafedd. Pan glywais ei lais aeth fy nghalon i lawr i'r llawr isaf heb ddefnyddio'r lifft a mas trwy'r drws i'r strydoedd.

"Yr oeddwn yn gobeithio y buaswn i'n eich dal chwi. Mi a gefais air bach gyda Dr Powell a Gwynfab, ein hysgrifennydd, ac yr wyf yn deall eich bod yn awr yn fyfyriwr ymchwil gyda ni!"

"Ydw," meddwn i.

"Mi fydd hynny yn beth braf iawn."

"Sut mae'ch cŵn?" gofynnais mewn ymgais i fod yn gyfeillgar.

"Radica a Dwdica. Maent hwy yn braf iawn. Y maent yn gŵn bach hapus iawn," meddai, "er nad ydynt yn Siamïaid."

Unwaith eto, chwarddodd pan ddywedodd hyn.

"Esgusodwch fi, Mr Cadwaladr, rhaid i mi fynd. Y mae gennyf ddarlith o fewn y munudau nesaf yma. Hwyl fawr. Gobeithio'ch gweled chi'n aml o hyn ymlaen."

Diflannodd rhwng y silffoedd o lyfrau.

Roedd hi'n ddistaw wedyn yn y gornel Gymraeg yna. Cymerais gopi o gerddi T.H.Parry-Williams i lawr o'r silff a dechrau darllen fy ngherdd wrth y ffenestr. Ond yn lle darllen edrychais dros y ddinas. Y toeon, y rhesi o dai a swyddfeydd. Rhai adeiladau crand a rhai newydd. Yr heolydd prysur, llawn bysiau a beiciau a cheir. A'r bobl yn mynd ac yn dod, mynd a dod, yn ddi-baid. Pawb yn brysio. Beth oedd y brys? Allwch chi ddim estyn eich einioes eiliad drwy frysio.

Yn un o'r strydoedd yn agos at adeilad y llyfrgell fe'i gwelais hi eto. Allwn i ddim gweiddi arni mewn llyfrgell, na churo ar y ffenestr na chodi llaw na neidio lan a lawr. Doedd hi ddim yn debygol o edrych i fyny chwaith. Roedd hi'n cario bag siopa a neges ynddo. Felly, roedd hi'n byw yn y ddinas. Fe'i gwelswn hi sawl gwaith nawr o fewn mater o ddau neu dri mis. Byddwn i'n siŵr o'i gweld hi eto. Ac yn hwyr neu'n hwyrach bydden ni'n dod wyneb yn wyneb a chawn siarad. Unwaith eto.

## 6

"Winwns picil, ysgewyll a jam coch. Dyna be' sydd 'da ni i ginio heddi," meddwn i wrth Owain Glyndŵr.

"Mae'n swnio'n flasus iawn. Ond beth yw 'ysgewyll'?"

"Ysgewyll Brwsel, *Brussels sprouts* i ti."

"Dylet ti fod ar y teledu, wir, Mr Cadwaladr. Ti'n well na'r menywod tew 'na."

Wrth i mi eistedd gyferbyn ag O.G. sylwais fod ei wallt wedi newid o fod yn binc i fod yn wyrdd – mor wyrdd â'r 'sgewyll ar ein platiau.

"Dw i'n licio'r lliw," meddwn i'n ddiffuant iawn.

"Diolch. Dw i'n ceisio cael newid bob mis o leiaf. Mae'n rhoi tipyn o hyder i mi." Gwthiodd O.G. ei fwyd o gwmpas ei blât â blaen ei fforc.

"Be' sy'n bod?" gofynnais. "Ydi'r llysiau wedi'u berwi ddigon?"

"Ydyn, digon," meddai'r bachgen gan dorri winwnsyn mewn dau hanner. "Meddwl o'n i a faset ti'n fodlon 'neud ffafr i mi heddiw?"

"Pa fath o ffafr?" Efallai ei fod e'n iawn – doedd jam coch ddim yn mynd gyda 'sgewyll. Byddai marmalêd wedi bod yn well.

"Dw i eisiau mynd i'r dre i edrych o gwmpas siop Emrys Rees-Evans. Dw i wedi bod yn seico fy hunan i fyny ato," meddai yn ei Gymraeg-ysgolion-y-ddinas. "Ond dw i'n dal i deimlo'n nerfus iawn. Ddoi di 'da fi, Mr Cadwaladr?"

"O'r gorau," meddwn i yn fy Nghymraeg hen-ffasiwn. "Dw i ddim yn 'neud dim byd arbennig. Beth wyt ti'n mynd i'w 'neud yno?"

"Cymryd nodiadau ar bensaernïaeth," meddai. "Mae'n gweud lot am hanes a datblygiad y busnes. Mae fel rhyw fath o *code* neu iaith arall. Mae'r rhan fwyaf o bobl yn pasio'r pethau hyn heb sylwi arnyn nhw. Ond dw i eisiau gwrando ar eu lleisiau, ar eu storïau."

Felly, y prynhawn hwnnw, aethon ni i'r dref. Ar y bws doedd Owain Glyndŵr ddim yn ddrwg, ond aeth i dipyn o banig wrth inni gerdded drwy'r stryd a bu'n rhaid iddo afael yn fy mraich. Roedd e'n waeth byth yn y siop i ddechrau.

"Yr holl bobl 'ma. Fel pryfed," meddai. "Fel locustiaid. Pam mae cymaint ohonyn nhw?"

A gweud y gwir doedd y siop ddim mor ofnadwy o brysur ar y pryd, ond i un nad aethai o'i stafell gyfyng ers wythnosau rhaid bod y lle fel ffair yng ngweledigaethau'r Bardd Cwsc, neu fel yr olygfa o'r dorf yn *Metropolis* Fritz Lang.

"Mae hyn yn ffrîco fi mas," meddai. "W i'n mynd i gael *nervous breakdown*. Dw i'n mo'yn mynd 'nôl."

"Paid â phoeni, O.G., byddi di'n iawn mewn munud. Meddylia, 'yn ni wedi dod 'ma. Dy waith ymchwil cofia."

Yn anffodus aethon ni i'r adran golur a phersawr a daeth dwy neu dair menyw atom mewn cotiau gwyrdd ac wynebau oren a'n chwistrellu ni â pheraroglau.

"Like to try some of this, Sir?"

"Paid â sgwerto fi, paid sgwerto!" gwaeddodd Owain Glyndŵr.

Ceisiais ei dywys i'r adran bapur ac offer sgrifennu. Roedd hi'n dawelach yno, llai o bobl, llai o fynd a dod.

Edmygu'r sgrifbinnau drudfawr yn disgleirio mewn cesys gwydr roeddwn i – Mont Blanc, Cross, Waterman – pan ddwedodd O.G.:

"Mae hyn yn rîli *mindblowing*!"

Edrych i fyny roedd e, fel petai mewn swyngwsg. Gwelai rywbeth na allwn i mo'i weld – edrychais i fyny a gweld nenfwd y siop, 'na i gyd. Ond roedd Owain Glyndŵr, yn amlwg, yn darllen cyfriniaith yr adeilad ac eisoes wedi anghofio am ei ofnau a'i bryderon – am y tro, beth bynnag. Doedd dim byd 'da fi i'w wneud ond aros amdano nes ei fod yn barod i symud ymlaen. Tynnodd bensel a darn o bapur o boced ei siaced ledr a dechrau sgrifennu nodiadau manwl a thoreithiog gan graffu ar gorneli, y porth bwaog, a'r drysau rhwng yr adrannau.

Yna, sylwais fod dyn mewn gwisg blismonaidd, a safai mewn cornel ger un o'r mynedfeydd a'i freichiau ciglyd ymhlyg dros ei frest lydan, yn taflu cipolwg amheus i'n cyfeiriad ni bob hyn a hyn.

Edrychais ar Owain Glyndŵr a dyna lle'r oedd e'n sefyll yng nghanol y siopwyr canol oed, dosbarth canol, hwythau yn eu dillad Jaeger a Burberry ac yntau yn ei hen siaced â'r benglog ar y cefn, ei jîns yn rhacs, ei grys-T ac arno lun o Top Cat (wedi llwydo), a'i wallt pigog gwyrdd – heb sôn am y siop nwyddau haearn a hongiai o'i glustiau, ei drwyn, ei aeliau a'i wefusau.

"O.G.," meddwn i. "Gwell inni symud i rywle arall. Gad inni fynd i adran arall, o leiaf."

Aethon ni i'r adran flodau yn y gobaith o daflu'r giard oddi ar ein trywydd. Am ryw reswm roedd Owain Glyndŵr wrth ei fodd yno.

"Co'r ffenestri 'ma," meddai, "a'r paneli marmor, a'r *designs art nouveau*!"

O'm rhan i, roeddwn i'n ddigon hapus gyda gwynt clir y planhigion a'r dŵr. A gwledd i'r llygaid oedd yr holl liwiau, yr amrywiaeth o flodau gwyn, coch, melyn.

Ac yna fe'i gwelais hi. Lapio'r papur tenau ond cryf

yna y maen nhw'n ei ddefnyddio mewn siopau blodau am dair lili wen ar goesau hirion roedd hi. Lapiodd y blodau mewn corn o'r papur a'u rhoi nhw i fenyw arall, menyw dew mewn côt werdd â ffwr o gwmpas y goler. Rhoes honno arian i Ann Griffiths ac aeth hithau at y til a rhoi newid iddi. Roedd hi mor osgeiddig ag arfer, a deunydd ei dillad o liw *beige* costus a chwaethus, a'i gwallt mewn plyg Ffrengig yn wynnach, yn wir, yn nes at fod yn wyn nawr.

"Gawn ni fynd nawr, Owain Glyndŵr?" gofynnais dan fy ngwynt.

"Mewn munud," meddai gan sgrifennu'n ffyrnig yn ei nodlyfr.

"Could I have a word with you two gentlemen?"

Y giard oedd e. Yn sydyn roedd pawb yn y siop flodau yn gynulleidfa inni. Môr o lygaid yn ein dyfarnu ni'n euog o lenwi'n pocedi o watsys aur Rolex a Cartier. Ond cyn i mi gael cyfle i gyfiawnhau fy hunan wrth y ffug-blismon fe ddigwyddodd dau beth go frawychus: torrodd ffigwr cadarn, hunanfeddiannol a lluniaidd drwy'r hanner cylch o wylwyr o'n cwmpas, ac ar yr un pryd llewygodd Owain Glyndŵr.

"Mr Cadwaladr!" ebychodd Ann Griffiths.

Rhy hwyr, roedd hi wedi fy nal i.

"D'you know these gentlemen, Miss Griffiths?"

"Yes, it's alright, Ron, I'll deal with this."

"Only, I was a bit suspicious of 'em, like."

"No reason for that I assure you, Ron," meddai Ann Griffiths a sleifiodd y giard i ffwrdd, a'i gynffon rhwng ei goesau.

Tywysais Owain Glyndŵr at gadair ac aeth Miss Griffiths i gael dŵr iddo mewn cwpan *styrofoam*.

"Dw i'n siŵr dy fod ti'n synnu 'ngweld i'n gweithio yn y siop 'ma," meddai hi.

Roedd Owain Glyndŵr yn dechrau dadebru yn barod.

"Ydw, braidd," meddwn i.

"Mae llawer yn synnu. Maen nhw'n 'y nabod i wrth gwrs. Mae rhai'n gallu bod yn ddigon cwrtais. Eraill yn reit gas. Dibynnu ar eu daliadau gwleidyddol."

"Does neb yn disgwyl gweld cyn aelod seneddol yn lapio blodau mewn siop yn y stryd fawr."

" 'Dyn ni ddim i gyd yn cael gwahoddiad i Dŷ'r Arglwyddi, cofia!"

"Blin 'da fi glywed am dy frawd," meddwn i.

"Paid â chrybwyll y peth," meddai a throes ei sylw at Owain Glyndŵr. "Ti'n teimlo'n well nawr?"

"Ydw, diolch yn fawr," meddai. "Wnes i jyst blaco mas."

"Dere, O.G., rhaid inni fynd nawr," meddwn i.

"Wedi bod yn braf dy weld ti, Mr Cadwaladr," meddai Ann Griffiths. "Dw i'n gweithio yma bob dydd Mercher a dydd Iau, os wyt ti eisiau trefnu i gwrdd i gael clonc a choffi."

"Dw i ddim yn credu, Miss Griffiths."

"O, dere 'nawr. 'Sdim eisiau bod fel 'na, nac oes?"

Roeddwn i'n teimlo'n eithaf chwithig ac aeth fy wyneb yn fflamgoch, dw i'n siŵr.

"Dere, O.G., well inni fynd."

"Dw i ddim yn gwbod amdanat ti, Mr Cadwaladr," meddai Miss Griffiths gan ein dilyn ni i gyfeiriad y drws, "ond dw i wedi anghofio popeth diwerth. Peidiwn â dal dig, yr hyn a fu a fu. Dw i wedi newid. Gormod o waed o dan y bont. Methiant 'y ngyrfa wleidyddol, helyntion a hunanladdiad 'y mrawd."

"Da boch, Miss Griffiths."

Ar lawr uchaf y bws tua thre bu Owain Glyndŵr yn sôn yn frwdfrydig am yr holl bethau a welsai ac a fyddai'n ddŵr i felin ei draethawd – rhyw byrth ac addurniadau a grisiau, hyn i gyd yn blith draphlith gyda dyddiadau, enwau penseiri ac enwau siopau mawr eraill, Harrods, Fortnums, Bloomingdales.

"Y fenyw 'na oedd yn garedig wrthon ni, oeddet ti'n ei nabod hi?"

"Nac o'n i," atebodd O.G.

"Roedd hi'n arfer bod yn aelod seneddol."

"Cer o'ma. Pa blaid?"

"Y Torïaid."

" 'Sdim diddordeb 'da fi mewn politics," meddai O.G.

Ond doeddwn i ddim yn gwrando. Yna, yn y stryd, dyna lle'r oedd hi eto, yn gwisgo'r gôt liw gwin coch 'na, rhimynnau duon ei gwallt yn cael eu haflonyddu gan y gwynt wrth iddi gerdded yn benderfynol drwy'r dorf, nes i mi golli golwg arni wrth i'r bws symud yn ei flaen gan ein cario ni i ffwrdd.

"Be' sy'n bod?" gofynnodd O.G. "Ti'n edrych yn sbŵci. Ti wedi gweld ysbryd neu rywbeth?"

" 'Fallai 'mod i," meddwn i.

"Wir? 'Nest ti weld ysbryd nawr, yn ystod y dydd, yng nghanol y ddinas?"

"Dw i ddim yn siŵr," meddwn i. "Ond dw i'n credu 'mod i wedi'i gweld hi sawl gwaith ers i mi ddod 'nôl i fyw 'ma."

"Pwy yw hi?" gofynnodd Owain Glyndŵr.

"Fy chwaer," meddwn i, yn falch o gael rhannu'r baich gyda rhywun arall o'r diwedd. "Dw i ddim yn siŵr fod y peth yn bosibl. Ti'n gweld, flynyddoedd yn ôl, fe ddiflannodd hi."

Roedd y bws wedi cyrraedd ein harosfa ac ar y ffordd i'r fflat ymhelaethais.

"Aeth i weithio fel ysgrifenyddes i'r hen awdures 'ma, Ann Gruffydd-Jones. Ond wedyn roedd 'na lofruddiaeth erchyll. Cafodd mab y nofelydd ei ladd a thrwy ryw gyd-ddigwyddiad ofnadwy bu farw'i fam yr un diwrnod – o achosion hollol naturiol gyda llaw. Ac roedd fy chwaer yn byw ac yn gweithio yng nghartref Ann Gruffydd-Jones ar y pryd. Ond 'doedd neb yn gallu'i ffeindio hi, roedd hi wedi diflannu. Roedd gan yr heddlu ddamcaniaeth ar y dechrau bod fy chwaer wedi bod yn dyst i'r llofruddiaeth a bod y llofrudd wedi'i chipio hi a chael gwared â'i chorff hi. Ond fe lwyddwyd i ddal y llofrudd, yn weddol hawdd. Dyn oedd yn byw yn y pentre oedd e, oedd yn casáu Marc Gruffydd-Jones am ei fod yn wrywgydiwr. Ond cafodd ei holi yn ddyfal, ac roedd hi'n amlwg nad oedd hwnnw'n gwbod dim am ddiflaniad fy chwaer."

"Felly, mae'n eitha posibl dy fod ti wedi gweld dy chwaer," meddai Owain Glyndŵr yn y fflat a minnau'n paratoi cinio o sbageti a sardîns a marmalêd i ni'n dau yn y gegin.

"Dw i'n siŵr 'mod i wedi'i gweld hi. Fe wnaeth hi godi'i llaw arna i un tro. Dw i'n siŵr ei bod hi'n chwilio amdana i nawr. Dim ond y ddinas sydd yn ein gwahanu ni ar hyn o bryd."

"Felly, roedd hi'n dy gofio di, dyw hi ddim wedi colli'i chof," meddai O.G.

"O'n i'n gwbod nad oedd hi ddim wedi marw. Achos mae cysylltiad telepathig rhyngon ni'n dau. 'Dyn ni'n efeilliaid, ti'n gweld. Ddim yn efeilliaid yr un ffunud, yn amlwg, achos mae hi'n dalach na mi, ond mae cysylltiad telepathig 'da ni serch hynny."

"Oes 'da ti unrhyw syniad be ddigwyddodd iddi, ble mae hi wedi bod?"

"Oes, ond paid â chwerthin," rhybuddiais ef. "Prif ddiddordeb Marged oedd hed bethau annabyddedig – *unidentified flying objects*, UFOs".

"Dw i'n deall nawr," meddai Owain Glyndŵr – y math o berson fyddai'n derbyn rhywbeth fel 'na heb syflyd blewyn.

"Nid 'mod i'n credu mewn pethau fel 'na," meddwn i. "Ond roedd gan Marged ryw obsesiwn yn eu cylch. Gwyddai'r holl storïau enwog, yr ystadegau, yr enwau – roedd hi fel catalog neu enseiclopidia ar hed bethau annabyddedig. Ei hoff ffilmiau hefyd oedd rhai ar yr un thema – *Invasion of the Body Snatchers*, *War of the Worlds*, *Day of the Triffids*, *The UFO Incident* gydag Estelle Parsons a James Earl Jones, 1975."

"Mae'n swnio'n hynod o ddiddorol," meddai Owain Glyndŵr. "Liciwn i gwrdd â dy chwaer."

"Liciwn i gwrdd â hi hefyd," meddwn i. "Ond does 'da fi ddim syniad sut i ddod o hyd iddi yn y ddinas 'ma."

" 'Dyw hi ddim yn ddinas ofnadwy o fawr."

"Nac ydi, a dw i wedi'i gweld hi sawl gwaith yn barod. Dw i'n gobeithio y down ni wyneb i wyneb yn y stryd ryw ddydd."

"Beth am roi hysbyseb fach yn y papur lleol?"

"Wedi meddwl am hynny," meddwn i, "a dyna be' dw i'n mynd i 'neud oni bai 'mod i'n digwydd cwrdd â hi o fewn y dyddiau nesa 'ma. Mae 'da fi ryw deimlad ei bod hi'n eitha agos, yn troi yn yr un cylchoedd, yn mynd i'r un llefydd â mi ond ein bod ni'n pasio'n gilydd ac yn colli'n gilydd o hyd."

## 7

"Ble 'dach chi'n mynd?" gofynnodd Gwynfab – fy nal i yn y fynedfa wnaeth e. Ymwthiai'r coesau chwilod o'i ffroenau o hyd

"Mynd i weld Dr Powell rydw i. Mae pwyntment 'da fi."

" 'Motsh am y pwyntment," meddai Gwynfab yn ei lais bach Meri-Ann, a'i fochgernau tywyll yn crynu. "Chewch chi ddim thleifio i fyny heb 'y nghaniatâd i. Rhaid i chwi ddŵad i 'ngweld i, wedyn mi wna i gythylltu efo'r Doctor Powell ar y lein fewnol, wedyn mi wna i ofyn oth ydi o'n gyfleuth i chi fynd fyny, ac oth dwedith Dr Powell ei fod o'n gyfleuth, wedyn cewch fynd fyny a dim ond wedyn."

A bu'n rhaid i mi fynd trwy'r ddefod hon y prynhawn hwnnw. O flaen Dr Powell roedd Gwynfab bob amser yn fêl i gyd, ond roedd e fel y gafaelgi hwnnw gyda sawl pen sy'n gwarchod pyrth uffern yn ei swyddfa. Gwelai unrhyw ymgais i fynd heibio iddo fel bygythiad i'w bwysigrwydd.

Deuai pelydrau haul y prynhawn drwy'r ffenestr gan lenwi stafell liwgar Dr Powell â goleuni euraid heb ymylon iddo a wnâi i mi feddwl am ffilmiau fel *Elvira Madigan*, *Babette's Feast* a *Picnic at Hanging Rock* gyda Rachel Roberts, yr ysgolfeistres â'r gwallt 'na'n uchel a bygythiol ar ei phen.

"Mr Cadwaladr, sut wyt ti? A sut mae'r gwaith yn mynd?"

"Mae'n mynd – hynny yw, yn dod, sef yn datblygu yn dda iawn," meddwn i gan eu rhaffu nhw; doeddwn i ddim wedi gwneud strôc o waith.

"Dim problemau, nac oes e?" Roedd llais Dr Powell yn llawn cysur a chydymdeimlad diffuant, dim byd nawddoglyd. Llais ffrind. Mor hawdd fyddai hi i ddatod fy mhecyn gofidiau o flaen Dr Powell.

"Mr Cadwaladr – Mr Cadwaladr – ga i'ch galw chi wrth ryw enw arall? Mae'n gymaint o lond pen bob tro – ac yn rhy ffurfiol. 'Smo fi'n galw dim un o'n myfyrwyr i'n Mr, Miss, Ms, dim byd fel 'na. Mae'r oes 'na wedi mynd. Enwau cynta, ti a tithau, jîns a chrys-T fel dw i'n 'u gwisgo – bechgyn a merched – dim 'chi' a 'chithau' yw hi nawr. A dw i wedi gweud a gweud wrthot ti, Chris yw f'enw i – mae pawb yn 'y ngalw i'n Chris, y myfyrwyr i gyd. 'Sdim eisiau'r 'Dr Powell' 'ma bob tro, nac oes? Nac oes. Nawr 'te, beth am yr enw cynta 'na? Dere 'mlaen!"

Ond roeddwn i'n cael yr holl anffurfioldeb, y jîns, y clustdlws, y tatŵ, y 'ti' a 'tithau' a'r 'Chris' braidd yn ffurfiol-o-anffurfiol ac roeddwn i'n siŵr bod y myfyrwyr i gyd yn edrych ar Dr Powell fel trendi canol oed.

"Wel, os nad wyt ti'n fodlon gweud dy enw cynta wrtho i a ti ddim yn licio 'Cadi', w i'n mynd i roi enw i ti, ocê? Reit, o hyn ymlaen, 'Sam' wyt ti, iawn? Wel, nawr 'te, Sam. Beth yn union wyt ti wedi bod yn 'neud?"

"Dw i wedi bod yn darllen, ac yn ystyried, ac yn casglu tystiolaeth."

"Braf iawn. Yn naturiol mae pethau'n bownd o fod tamaid bach yn araf ar y dech..."

Ar hynny daeth cnoc wrth y drws ac ar ôl i Dr Powell ddweud "Dewch i mewn" pwy ddaeth i'r stafell ond Llysnafedd.

"Dyma'r llungopïau yma, Chris...Wel, wel, Mr Cad-waladr, sut ydych chwi?"

"O, chi'n nabod eich gilydd yn barod?"

"Wrth gwrs, yr ydym yn adnabod ein gilydd er ys ploncyn i amser," meddai Llysnafedd a oedd yn hoff o arbrofi gydag idiomau weithiau.

"Sut 'ych chi'n nabod Mr Cadwaladr 'te, Cyril?"

"Wel, spandan o flynyddoedd yn ôl fe fynychais ddosbarthiadau nos mewn llenyddiaeth Gymraeg yn y ddinas 'ma. A Mr Cadwaladr oedd yr athro. Ac fel yna y dechreuodd fy niddordeb yn y Petheuach. Ac yr oedd Mr Cadwaladr yn athro mor sbleddachlyd o wych nes yr wyf i yn awr yn dysgu yn yr Adran hon."

Dyna rwto halen i'r briw, meddyliwn i.

"Wel, fe wnaethoch chi job dda ar Cyril," meddai Dr Powell. "Mae e wedi ennill Gwbor Goffa Ann Gruffydd-Jones eleni am ei fonograff ar nofelau Marion Eames."

"Tewch â chrybwyll y peth," meddai Llysnafedd dan wrido ac yn wyleidd-dra i gyd.

"Llongyfarchiadau," meddwn i.

"Gyda llaw, Cyril, ti ddim yn digwydd gwbod beth yw enw cyntaf Mr Cadwaladr?"

"Nac ydw," meddai Llysnafedd dan wenu a datgelu'r dannedd 'na fel porfeydd gwelltog. "Nid ydwyf yn ei wybod."

Chwarddodd y ddau a gadawodd Llysnafedd.

"Paid â phoeni, Sam, dim ond tynnu dy goes 'yn ni. Os wyt ti eisiau cadw d'enw cyntaf yn gyfrinach, mae'n iawn 'da fi ac mi wna i barchu hynny. Nawr 'te, beth am ddishgled o de neu goffi?"

Gofynnais am goffi ac yn fuan ar ôl ffonio ymddangosodd Gwynfab gyda'r hambwrdd.

"Mỳg y tractor coch i chdi, Chris, a'r Jac Codi Baw i Mr Cadwaladr." Chwarddodd ef a Chris.

"Nawr 'te," meddai Dr Powell cyn i Gwynfab adael y

stafell. "Gallwn i ofyn i Gwynfab edrych yn dy ffeil di am d'enw di, ond paid â phoeni, 'smo fi'n mynd i 'neud hynny."

"Mae dy gyfrinach yn thaff efo fi," meddai Gwynfab gyda winc ac aeth e i ffwrdd.

"Ydw i wedi dangos lluniau o 'mhlant i ti, Sam?" Estynnodd Dr Powell lun mewn ffrâm o un o'r silffoedd a dyna lle'r oedd y Chris arall a thri o blant yn sefyll mewn gardd, a siglen yn y cefndir a phêl lan-y-môr liwgar ar y lawnt.

"Lyn, sy'n dair oed," meddai Dr Powell gan bwyntio at yr wyneb bach crwn. "Al, sy'n chwech, a Ceri, naw oed. Penderfynon ni yn erbyn enwau Mabinogïaidd fel Estyll ap Gwyngalch. Mae plant Cymraeg y ddinas 'ma yn cael amser digon caled gydag enwau cyffredin heb ychwanegu at eu problemau."

Edrychais ar y lluniau, ond er mor siriol oedd pawb i'w gweld cofiais fod Platon yn ystyried epilio yn ffurf isaf ar greadigrwydd.

"O's unrhyw deulu 'da ti, Sam?"

"Oes," meddwn. "Chwaer, efeilles. 'Dyn ni ddim yn gwbod pwy oedd ein mam na'n tad. Cawson ni'n magu mewn cartref i blant ac wedyn gan weinidog a'i wraig. Mae hi wedi bod ar goll, fy chwaer, ond dw i'n credu'n bod ni'n mynd i gael aduniad cyn bo hir."

"Dw i'n mawr obeithio y cei di dy ddymuniad, Sam," meddai Dr Powell.

Yna cododd Dr Powell a chasglu nifer o bapurau o'r ddesg.

"A nawr, wnei di f'esgusodi, Sam? Dw i'n gorfod mynd i gwrdd â'r Athro Emeritws Lalwla o Lacsaria sy'n ddarlithydd gwadd 'ma heno. Mae'n mynd i draddodi darlith ar ryw fardd o'r bedwaredd ganrif ar ddeg, bardd yn yr iaith Lacsariaeg sy'n cyfateb i Syrffed ap Diflas neu rywbeth. Wir, mae e'n un o'r bobl fwya *boring* ar glawr y ddaear 'ma. Ma' fe'n hen fel pechod ac mae'n siarad yn y llais undonog 'ma gyda'r acen od 'na ac yn mynd ymlaen ac ymlaen ac ymlaen fel cnocell y coed ar yr un hen nodyn o hyd neu fel hen record wedi sticio. Ac a gweud y gwir, pwy sy'n gwrando arno fe? Neb. Dim ond dyrnaid o hen ysgolheigion fydd yn dod i'r ddarlith heno 'ma o ran dyletswydd a bydd y rhan fwya ohonyn nhw'n mynd i gysgu ac yn chwyrnu'n ddigywilydd. A finnau'n gorfod mynd ag e am bryd o fwyd wedyn ac yn cael y fraint o glywed yr un ddarlith eto. Mae e wedi bod 'ma o'r blaen. Mae'n dod bob blwyddyn nawr yn unol â chytundeb ein coleg ni a'r un yn Lacsaria. Ac yna bydd e'n hel atgofion am y rhyfel a'r trwbwl rhwng Lacsaria a Sacria. Ac a gweud y gwir, pwy sy eisiau gwbod am Lacsaria? W i'n gofyn i ti. Does gan y rhan fwya o bobl yn yr Adran 'ma ddim syniad ble yn y byd mae Lacsaria... Lacsaria. Swnio fel rhywbeth 'ych chi'n cymryd pan 'ych chi wedi'ch rhwymo, ontefe? Ond 'na fe, 'na un o byrcs mawr y job 'ma; cwrdd â'r mandariniaid o ysgolheigion 'ma. Felly, esgusoda fi, wnei di. Fe wna i dy weld ti'r wythnos nesa, dw i'n gorfod brysio, hwyl, Sam."

Ar ôl ein cyfarfod es i ymweld â lolfa-gaffe undeb y myfyrwyr, ond roedd y gwahaniaeth rhwng f'oedran i a'u hoedran nhw yn wal ddiadlam a theimlwn fel Methiwsela yn Shangri-la. Ar fy ffordd oddi yno roeddwn i pan sylwais ar yr hysbysfwrdd. Ac yno yn y canol roedd 'na gerdyn yn dweud

*Private Lessons in Welsh/Gwersi Cymraeg*

a chyfeiriad yn y ddinas. Roeddwn i'n nabod y sgrifen yn syth, fel y byddwn i'n nabod llais ar y ffôn, neu fel rydyn ni'n nabod ein hanwyliaid o bell yn y dorf, wrth osgo'r corff, siâp y pen, ochr yr wyneb, ystum yr ysgwyddau. Sgrifen debyg ydoedd i eiddo Holly Golightly yn y ffilm *Breakfast at Tiffany's* (Audrey Hepburn a George Peppard, 1961), hynny yw sgrifen fawr, allblyg a braidd yn rhy addurnedig, a'r cynffonnau a'r coesau'n gyrliog mewn ffordd wneuthuredig ond smala hefyd. Roedd yma fwy na dogn o eironi. Sioe dynnu sylw oedd y sgrifen hon. Ei hysgrifen hi oedd hi. Mor falch oeddwn i weld bod rhai pethau heb newid, achos fel 'na roedd Marged wedi sgrifennu erioed. Dyfeisiodd y sgrifen 'na pan oedd hi'n blentyn ac, wedi'i mabwysiadu, glynodd wrthi gan wrthsefyll pob ymdrech ar ran athrawon a chyfeillion i'w chael hi i'w newid.

Tynnais y cerdyn o'r hysbysfwrdd. Roeddwn i'n mynd i chwilio amdani'n syth. Edrychais ar y cyfeiriad ar y cerdyn eto. Es i lyfrgell y Coleg i chwilio am lyfr a mapiau o holl strydoedd y ddinas ynddo. A bant â mi. Fflat B23, Perllan Deg mewn ardal ar yr ochr arall i'r ddinas i'm rhandy i. Ardal y crachach, maestref y tai moethus. Daliais fws o ganol y ddinas i'r faestref, ac un arall o'r faestref at orsaf drên – pam na wnes i ddim cael y trên yn syth yno, dwn i ddim. Dau stop ar y trên ac roeddwn i yn y lleoliad iawn ond mater arall oedd hi i ganfod Perllan Deg. Tai mawr, rhai ohonynt yn efeilldai ac eraill yn sefyll ar wahân, pob un â gardd fawr o'i gwmpas. Ardal goediog a thawel oedd hon. Garejys dwbl, ceir mawr sgleiniog newydd yn sefyll ym mhob dreif. Edrychais ar y braslun o fap a wnes i'n frysiog yn y llyfrgell. Yna daeth hi i fwrw, cawod ysgaprwth o law, a dafnau yn disgyn yn uniongyrchol ar y darlun gan chwalu llinellau'r inc ac enwau'r Avenues a'r Crescents. Ble'r oeddwn i? Ar goll ymhell i ffwrdd o'r ddinas mewn labrinth swbwrbaidd yn y glaw. Rhedais o

gornel i gornel gan edrych ar enwau'r strydoedd –
Woodside Court, Nant Fawr Close, Hydrangea Close,
Celyn Grove. Ond roeddwn i ar goll ac roedd y dŵr yn
rhedeg i lawr rhwng coler fy nghot, fy nghrys, fy nghefn.
Teimlwn yn rhwystredig iawn ac yn ddig ond doedd dim
dewis 'da fi ond dal y trên yn ôl i'r ddinas a dod yn ôl i
chwilio am y lle rywbryd eto.

Roeddwn i'n anelu i gyfeiriad yr orsaf, wedi digalonni,
pan drawodd fy llygaid ar arwydd ar ffens isel o gwmpas
gardd ysblennydd yn dweud, 'Pendraw Place leading to
Perllan Deg cul-de-sac.' Llamodd fy nghalon i'r entrych-
ion. Rhedais ar hyd y lôn gan deimlo'n siŵr bod llawer o
lygaid yn fy ngwylio o'r tu ôl i'r llenni lês a bod bysedd ar
fin pwyso botwm naw deirgwaith ar y ffôn. Unwaith y
cyrhaeddais yr heol-hosan mater hawdd oedd hi i ddod o
hyd i'r tŷ iawn, tŷ brics coch ar ei ben ei hun â lawntydd
llydan o'i gwmpas. Wrth ochr y clamp o ddrws pren, ffug-
ganoloesol, roedd 'na dri botwm wedi'u labelu'n syml A,
B, C. Pwysais ar B ac aros. Ac aros. Pwysais eto. Dim
ateb. Pwysais eto, ac eto. Dim ateb. Yn y ddinas roedd hi,
mwy na thebyg. Doedd hi ddim gartref, ta beth. Sgriblais
nodyn:

> *Annwyl Marged,*
> *Dw i wedi dy ffeindio di o'r diwedd. Rydyn*
> *ni'n byw yn yr un ddinas. Dyma fy nghyfeiriad…*

Roeddwn ar fin gwthio'r papur drwy'r drws pan agorwyd
ef. Plygu roeddwn i er mwyn dodi'r neges drwy'r twll
llythyrau pres. Edrychais i fyny a gweld dyn mewn gwth
o oedran, a'i wyneb fel cnotwaith Celtaidd.

"Ifan?" meddai – fe'm trawyd gan yr enw Cymreigaidd.
"Ifan, o dw i mor falch dy fod ti wedi dod wedi'r cyfan.

Dere mewn."

"Esgusodwch fi, syr," meddwn i. "Nace Ifan ydyw i."

"Wel, dere mewn, w! Mae hi mor wlyb mas 'na. Dw i mo'yn cau'r drws a mynd 'nôl at y tân."

"Syr, nace Ifan ydw i. Rhaid eich bod chi wedi 'neud camsyniad."

Edrychodd yr henwr arna i gan syllu'n graff a'm hastudio o'm pen i'm sawdl.

"Paid â bod yn dwp. Ifan wyt ti, be sy'n bod arnat ti? Baswn i'n dy nabod di'n unrhyw le. Fe wnes i dy nyrsio di yn fy mreichiau a dy suo di i gysgu pan o't ti'n faban, a newid dy glwtyn unwaith, do, a chwarae 'da ti pan o't ti'n grwtyn a helpu i dalu am d'addysg a gweld dy fod ti'n cael coleg, a nawr ti ddim yn nabod dy hen Wncwl Ioan."

"Mae'n wirioneddol flin 'da fi, syr," meddwn i. "Ond, wir i chi, dw i ddim yn eich nabod chi a 'dych chi ddim yn fy nabod innau chwaith. 'Dyn ni ddim wedi cwrdd erioed o'r blaen."

Roeddwn i'n barod i ymadael pan gydiodd yr henwr yn fy mraich ac roedd gafael ei hen fysedd yn gryf, fel crafangau.

"Ha, ha," meddai. "Jôc dda. Dere mewn."

Fe'm llusgwyd trwy gyntedd llydan at ddrws gyda'r llythyren 'A' arno. Agorodd yr hen ddyn y drws a'm hebrwng i randy moethus, crand. Roedd y carped yn drwchus, y celfi yn hen ac o bren a lledr. Gorchuddid y waliau gan hen luniau olew tywyll mewn fframiau aur. Roedd 'na dân mawr yn rhuo fel llew a'r naill du a'r llall iddo gadeiriau esmwyth. Eisteddodd yr hen ŵr yn un ohonynt a lapio siôl am ei goesau.

"Eistedd i lawr man'na," meddai gan bwyntio at y llall. "Chei di ddim mynd nes dy fod ti wedi darllen i'th hen wncwl, fel y trefnwyd."

Doedd 'da fi ddim nerth i'w wrthwynebu. Roeddwn i'n wlyb ac yn siomedig ar ôl methu dal Marged eto, ar ôl dod mor agos hefyd. Ond roedd dau gynllun yn ffurfio yn fy mhen; roedd yr hen ŵr bonheddig hwn yn byw yn yr un tŷ â Marged, on'd oedd e? Efallai ei fod yn ei nabod hi, felly. Ac roeddwn i'n ddigon hapus i eistedd o flaen y tân yn y gadair gyfforddus i gadw cwmni i'r hen foi, pe dymunai hynny. Ac efallai y byddwn i yno pan ddychwelai Marged. Efallai y byddwn i'n ei chlywed hi'n mynd i'w fflat, ble bynnag roedd hwnnw – drws nesaf, neu lan llofft?

"Ond cyn inni ddechrau," meddai Wncwl Ioan, "beth am inni gael cwpanaid o de a dy hoff grempogau gyda sudd y fasarnen o Ganada yn llifo drostyn nhw?"

Wrth ei benelin roedd 'na ford fechan gron o fahogani ac arni gloch fach arian; cododd y gloch a'i chanu. Chwap daeth morwyn i'r stafell, menyw gron fochgoch yn gwisgo diwyg morwyn gyda'r het wen a'r ffedog.

"Wel, wel," meddai hi wrth fy ngweld i. "Ifan 'chan, sut wyt ti?" Daeth ataf a gafael yn fy nwy foch a sodro cusanau ar fy nhalcen, fy nhrwyn a'm gwefusau. "O, 'machan annwyl i," meddai. " 'Na lyfli ei weld e 'to, 'ntefe, Mr Richards?"

Aeth i sefyll gyda'r hen ŵr, wrth ochr ei gadair ond gam yn ôl, fel petai i gael gwell golwg arnaf i, fel petawn i, yn wir, yn fab afradlon wedi dychwelyd ar ôl amser hir.

"Ro'n i'n meddwl y basa'r hen Fetsan yn falch o dy weld di 'machgen i."

"Hei, llai o'r 'hen' 'na, Mr Richards," a rhoes glatsien ffug iddo.

Chwarddodd y ddau.

"Te, plis, Betsan a – gesia beth?"

"Crempogau â sudd masarnen!"

Unwaith eto chwarddodd y ddau a diflannodd Betsan

drwy'r drws o'r lle y daethai.

"Amrantiad fydd hi nawr gyda'r crempogau 'na, gei di weld. Dyw'r hen Fetsan ddim wedi newid dim." Plygodd ymlaen yn ei sedd i sibrwd, "A gweud y gwir, dwn i ddim be' faswn i'n 'neud hebddi hi. Nace morwyn yw hi ond teulu, mae fel merch i mi. Cofia, edrych ar ei hôl hi ar ôl i mi fynd."

Daeth Betsan yn ôl gyda throli a hambwrdd wedi'i lwytho gan lestri cain, tebot, powlen yn llawn lympiau sgwâr o siwgwr gwyn a phlatiad o grempogau twym.

"Dyma ni, 'mechgyn i," meddai Betsan gan estyn hambwrdd bach bob un i mi a Mr Richards. "O, mae'n lyfli i weld e 'to 'ntefe? Helpwch eich hunen, bois."

Ac i ffwrdd â hi.

"Ie, helpa dy hun. 'Co siwg o sudd masarnen i ti."

Cawson ni wledd o de o flaen y tân ac roeddwn i'n dechrau teimlo'n gyfforddus, rhy gyfforddus yn wir, nes anghofio'r ffaith fy mod i'n dwyllwr; twyllwr anfwriadol, anwirfoddol mae'n wir, ond twyllwr serch hynny.

"Nawr 'te," meddai Wncwl Ioan Richards, gan estyn llyfr swmpus. "Dyma'r llyfr dw i mo'yn i ti'i ddarllen i mi y tro hwn, Ifan."

Beth oedd yn bod arno fel na allai ei ddarllen ei hun? Oedd e'n anllythrennog, neu'n ddall neu'n lled-ddall? Ai dyna pam roedd e wedi fy nghamgymryd am Ifan, pwy bynnag oedd hwnnw – a ble'r oedd e?

Edrychais ar glawr y llyfr; *Mein Kampf* gan Adolf Hitler.

"Beth sy'n bod?" gofynnodd.

"Esgusodwch fi, ond dw i ddim eisiau darllen hwn."

"Pam lai? Achos ei fod mewn cyfieithiad Saesneg, ife, yr hen eithafwr Cymraeg fel ag yr wyt ti."

"Na, dw i ddim eisiau'i ddarllen oherwydd... wel, oherwydd ei gysylltiadau hanesyddol."

"Ond, rwyt ti wedi cytuno. Pan sgrifennais i atat ti atebaist ti gan ddweud yn dy lythyr y baset ti'n dod heddi ac y baset ti'n darllen dechrau *Mein Kampf* ac wedyn y baset ti'n dod bob wythnos am awr i'w ddarllen i mi nes inni orffen y llyfr. Ti ddim yn mynd yn ôl ar d'air gobeithio. Cofia, mae Cymro yn cadw'i air."

"Ond, Hitler? *Mein Kampf!*"

"Ofni y bydd e'n dy lygru di'r wyt ti?"

Canodd yr henwr y gloch arian wrth ei benelin. Yn sydyn ymddangosodd dyn main, tal, â thrwyn Rhufeinig, a'i wallt du wedi'i gribo yn ôl yn llyfn oddi ar ei dalcen yn debyg i Bela Lugosi yn *Dracula*; roedd wedi'i wisgo fel bwtler.

"Webb!" ebychodd Mr Richards. "Mwy o lo ar y tân, os gwelwch yn dda, a dyro brociad iddo. Cyn i ti fynd, Webb, ti'n nabod hwn?" gofynnodd gan gyfeirio ata i.

"Wrth gwrs, Mr Richards. Braf iawn eich gweld chi eto, Ifan."

Troes ar ei sawdl ond daeth yn ei ôl mewn byr o dro gyda bwced pres a'i lond o lo. Taflodd swrn o hwn ar y tân a'i brocio gyda phrocer pres.

"Diolch, Webb, 'na i gyd am y tro."

"Diolch yn fawr, Mr Richards. Noswaith dda, Ifan"

Ar ôl iddo fynd ceisiais ddal pen rheswm gyda'r hen ŵr unwaith eto.

"Mr Richards," dechreuais. "Dydw i ddim yn eich nabod chi a 'dych chi ddim yn 'yn nabod i chwaith. Dieithryn i chi ydw i ac mae hyn i gyd yn rhyw fath o gamgymeriad. Rhaid 'mod i'n edrych rhywbeth yn debyg i'ch Ifan chi achos mae'ch morwyn a'ch gwas yn meddwl taw Ifan ydw i hefyd. Nawr, diolch am y te a'r crempogau a'r sudd coch melys, ond rhaid i mi fynd nawr, os gwelwch yn dda, achos nid eich Ifan chi mohonof i."

"Wyt ti erioed wedi gweld ffilm ar y teledu o un o areithiau Adolf Hitler? Un o'r clipiau 'na lle mae'n annerch torf anferth ac yn gweiddi ac yn gwylltio ac yn chwifio'i freichiau. Welaist ti un o'r clipiau 'na?"

"Do," meddwn i.

"Sylwasit ti ar rywbeth?"

Ystyriais am dipyn. I ble'r oedd hyn yn arwain? Roedd y tân yn rhuo ac yn gwreichioni ac roedd awyrgylch y stafell yn rhy dwym, yn llethol, nid yn unig oherwydd y gwres tanbaid ond oherwydd y carped trwchus, dwfn, y celfi hen ffasiwn trwm, y lluniau tywyll ar y waliau yn cau o'n cwmpas ni. Teimlwn yn glawstroffobig, teimlwn awydd i ddianc, i redeg i ffwrdd.

"Naddo," atebais.

"Naddo? Dim byd. Fe welaist ti'r clipiau 'na o Hitler yn ffromi ac yn cynhyrfu ar y teledu Saesneg neu ar y teledu Cymraeg on'do fe?"

"Do," atebais eto.

"Wnest ti ddim sylwi ar ddim byd od?"

"Naddo," meddwn i eto gan ddechrau colli amynedd nawr. Gallwn i deimlo dafnau chwys ar fy nhalcen.

"Dydyn nhw byth yn dodi is-deitlau i areithiau Hitler!" Curodd fraich ei gadair i danlinellu pob gair. " 'Dyn nhw byth yn rhoi is-deitlau yn Saesneg, nac yn Gymraeg, nac unrhyw iaith arall yn Ewrop am wn i. Yr unig bobl sy'n gallu deall areithiau Hitler nawr yw'r Almaenwyr a phobl sy'n gallu deall Almaeneg!"

"Beth 'ych chi'n gweud? Bod 'na berygl i Almaenwyr astudio ffilmiau o areithiau Hitler neu y dylid rhoi is-deitlau i'r ffilmiau ohono fe a'u darlledu trwy Ewrop?"

"Os wyt ti'n fodlon darllen y llyfr 'ma i mi dw i'n fodlon talu. Dere bob wythnos a darllen tamaid bach i mi, nes inni orffen y gwaith."

"Dw i ddim eisiau darllen y llyfr 'ma," meddwn i'n daer.

Yna, dywedodd Mr Richards faint roedd e'n fodlon ei dalu.

"Iawn, Wncwl Ioan. 'With a suitcase full of clothes and underwear in my hand and an indomitable will in my heart, I set out for Vienna...' "

## 8

DAETH LLYTHYR i'r tŷ. Ar yr amlen roedd ei hysgrifen chwyrligwgannaidd hi. Y tu mewn, yn yr un sgrifen, roedd mynegiant o lawenydd ei bod hi wedi dod o hyd i mi o'r diwedd ac oed ac amser.

Gwaeddais ar Owain Glyndŵr i godi ac i ddod mas o'i stafell.

"Be sy'n bod?" meddai gan rwbio'i lygaid molglafaidd. "Dim ond un ar ddeg yw hi?"

"Dw i'n mynd i gwrdd â'm chwaer, dw i wedi cael gafael arni o'r diwedd."

A dywedais y stori fel y bu i mi weld ei cherdyn a mynd i chwilio amdani a gadael neges. Ond wnes i ddim sôn am y busnes Wncwl Ioan Richards; roedd 'na deimlad mor arallfydol ynglŷn â'r peth yn oerni llachar y bore, fel petawn i wedi breuddwydio'r cwbl – y gwres a'r pancos gyda'r sudd gorfelys; neu fel petawn wedi camu'n ôl mewn amser – y gweision 'na, yn eu dillad o'r ganrif ddiwethaf. Ond, roedd y rholyn o arian papur yn fy mhoced yn brawf o'r digwyddiad.

"Ble ti'n cwrdd â hi?"

"Yn y caffe Americanaidd yn yr arcêd wrth ochr Hopkins a Jones."

"Un o'm hoff siopau," meddai O.G. "Rhaid i mi 'neud honna, cyn bo hir. Pwysig iawn i'r traethawd."

I Owain Glyndŵr roedd gwrando yn grefft a olygai aros am y darnau a oedd yn berthnasol iddo ef yn bersonol ac anwybyddu popeth arall.

Am chwarter i un yn brydlon i'r eiliad, fel y trefnwyd gan Marged yn ei nodyn, roeddwn i'n eistedd ar stôl uchel yn y ffenestr. Yn aros. Roedd hi'n hwyr. Roedd hynny'n nodweddiadol ohoni. Nid Marged fuasai hi petai hi wedi bod yno o'm blaen i yn f'aros, eithr rhyw *doppelgänger* neu *clone* ohoni. Ond doedd hi ddim yno ac roedd hynny i'w ddisgwyl. Archebais frechdan. Ymhyfrydai'r caffe hwn yn nilysrwydd ei Americanrwydd. Brodorion o America oedd ei berchenogion a deuai'r nwyddau i gyd o America, pethau na ellid eu cael, fel arfer, yng Nghymru. Gwerthid siocledi Hersheys a *bagels* ac yn y blaen. Archebais frechdan fara rhyg a thri math o gaws ynddi, dim tomatos. Maen nhw'n licio pethau fel 'na – cwsmereiddio, plesio gofynion arbennig.

Am un o'r gloch doedd hi ddim wedi cyrraedd ond doeddwn i ddim yn pryderu chwaith. On'd oeddwn i'n ddigon cyfarwydd â mympwyedd y bysiau a'r trenau? Byddai'r bysiau yn mynd yn sownd yn nhrafnidiaeth dagiedig y ddinas sawl gwaith y dydd.

Gwyliais y fforddolion yn cerdded trwy'r arcêd. Edrychais i lawr ar y traed, afon o sgidiau; lan ar y cotiau, y menig, y plant. Yr wynebau hen, canol oed, ifanc, iach, trist, pryderus. Penderfynais nad edrychwn ar fy watsh eto nes i ddeg o gotiau brown basio heibio i ffenestr y caffe; un, dwy arall gyda'i gilydd – hufen tywyll ynteu brown oedd honna? – pump, chwech – ydi sieciau'n cyfrif fel brown? Beth am *tweed*? Collais gyfrif ar y cotiau ac edrych ar fy watsh eto. Roedd hi'n ddeng munud wedi un. Edrychais yn sgleintiog dros y papurau – llofruddiaethau, ceir yn cael eu dwyn, *alien abductions*, merched yn cael eu treisio, hen fenywod yn cael eu hambygio, rhyfeloedd, newyn, y tywydd yn newid, y byd yn dod i ben. Astudiais fy sêr: 'Ychydig o bethau sy'n eich gwylltio chi'n fwy na gorfod gwneud penderfyniadau heb y ffeithiau angenrheidiol. Ond mae agwedd Nefyn i ddydd Llun, planed ysbrydoliaeth a rhith, yn golygu bod y rhain yn anodd i'w cael. Mae pethau'n symud mor gyflym fel ei bod yn rhaid i chi wneud ymrwymiadau – gan gynnwys rhai o natur ariannol, hyd yn oed – ni waeth pa mor amherffaith y bônt. Er gwaethaf y cyflymdra, ymddengys y broses o ddadansoddi materion a mynnu atebion yn bwysig, a gall hynny arwain at eiriau cryf a cholli tymer, yn enwedig o gwmpas dydd Mercher pan fo Mawrth mympwyol yn croesi'ch planed lywodraethol, Jiwpiter. Ond wedyn, dylai fod yn amlwg fod pethau ar fin newid. Wythnos nesaf, rhwng y lleuad newydd a mudo o Nefyn i Acwariws bydd newidiadau chwyrn i sawl sefyllfa. Ond ni fydd hynny fel dim o'i gymharu â'r hyn fydd yn digwydd i'ch blaenoriaethau unwaith y daw'ch arweinydd Jiwpiter i mewn i Pisces delfrydol yn gynnar fis nesaf.' Darllenais y pwt unwaith eto a methu gwneud na phen na chynffon ohono.

Edrychais ar f'oriawr. Roedd hi'n ugain munud wedi un. Dros hanner awr yn hwyr, ble yn y byd roedd hi? Roeddwn i'n dechrau pryderu nawr. Oedd hi wedi newid ei meddwl a ddim eisiau cwrdd â mi? Pam? Beth oedd yn bod? A gawsai'i bwrw i lawr ar y ffordd? Hwyrach ei bod hi'n gorwedd mewn ambiwlans y funud honno, yn mynd ar wib drwy'r ddinas, a nyrsys yn brwydro i arbed ei bywyd a masg ocsigen dros ei hwyneb a meddygon yn pwmpio'i chalon, a thiwbiau ynghlwm wrth ei thrwyn a'i har-ddyrnau. Na, roedd hi'n siŵr o ddod. Trafferth gyda'r cludiant cyhoeddus. Doedd hi ddim yn hwyr iawn, wedi'r cyfan, y fi oedd yn ddiamynedd, fel arfer. Hir yw pob ymaros. Edrychais ar fy watsh eto. Pum munud ar hugain wedi un. 'Caseg winau, coesau gwinau, carnau duon, croenen denau, croenen denau, carnau duon, coesau gwynion, caseg winau.' Oedd hwnna'n gywir nawr? Beth arall o'n i'n ei gofio? 'Mynd i'r ardd i dorri pwysi, pasio'r lafant, pasio'r lili, pasio'r pincs a'r rhosys cochion, torri pwys o ddanadl poethion.' Tamaid o Ddafydd ap Gwilym. 'Tydi y bwth tinrhuthtwn yrhwng gweundir a gwyndwn... gweundir a gwyndwn.' Na, ddaw hi ddim. Tamaid o Saunders Lewis. 'Gwaun a môr cân ehedydd yn esgyn i libart y gwynt, ninnau'n sefyll i wrando fel y gwrandawem gynt' – dy-di dy-da, dy-di dy-da – 'wedi helbulon ein hynt. Gwaun a môr cân ehedydd yn disgyn o' – neu 'drwy' – 'libart y gwynt.' Beth yw'r pwynt o wneud gradd os nad 'ych chi'n cofio dim. Hanner awr wedi un. Beth am 'Y Ferch ar y Cei yn Rio'? Testun fy ngwaith ymchwil. Ond yn fy myw, allwn i ddim cofio'r llinell gyntaf hyd yn oed.

"Mr Cadwaladr, sut 'ych chi?"

"O! Miss Griffiths!"

"Mae'n ddrwg 'da fi, 'nes i roi braw i chi. Ga i ymuno â chi?"

"A gweud y gwir, dw i'n disgwyl fy chwaer, unrhyw funud nawr dylai hi fod 'ma."

Mor annisgwyl ac annymunol oedd Ann Griffiths y funud honno. Byddwn i wedi licio'i chwythu hi i ffwrdd, ond daeth i eistedd yn agos gan adael un stôl ar gyfer fy chwaer absennol rhyngom ni. Roedd hi'n bwyta salad ac roedd cwpanaid o goffi ganddi. Ceisiais ei hanwybyddu ond roedd hynny'n amhosibl. Fe'm hamgylchynwyd gan ei phersawr a'i phresenoldeb. Hyd yn oed pan edrychwn drwy'r ffenestr gallwn weld ei hadlewyrchiad, ei dillad chwaethus (lelog oedd y lliw y diwrnod hwnnw, thema a ddilynid gan liw ei hewinedd a'r colur o gwmpas ei llygaid), ei gwallt perffaith gymen, ei symudiadau – mor esmwyth oedden nhw – a'i dwylo fel blodau.

"Dw i'n cofio i ti sôn am dy chwaer. Mae hi'n iau na ti, on'd yw hi? Ac mae brawd hŷn 'da ti, os dw i'n cofio'n iawn. Ac mae'r ddau'n briod. Sut mae'u plant nhw?"

Cofiais fy nghelwyddau. Cochais a cheisio'i hanwybyddu.

"Byddai'n braf cael cwrdd â dy chwaer, Mr Cadwaladr," meddai hi fel hen ffrind – dim byd chwithig, dim dal dig, dim cynnen. Roedd hi'n barod i lanhau'r llechen a sgubo'r gorffennol i ffwrdd – ond i ble? O dan y carped trosiadol, neu i'r afon i fynd o dan y bont drosiadol?

"Mae'r berthynas rhwng brawd a chwaer yn gallu bod yn arbennig o agos, weithiau. Cymer fy mrawd a finnau er enghraifft. Mor debyg i'n gilydd oedden ni, roedden ni'n deall ein gilydd ar ryw lefel delepathig. Weithiau, mae brawd a chwaer yn elynion ac yn ffraeo drwy'r amser. Ond fydden ni byth yn cweryla, ffrindiau oedden ni bob amser."

"Fel 'na ydyn ni hefyd," meddwn i, yn cael fy hudo ganddi heb yn wybod i mi, bron. "Mae 'da ni gysylltiad telepathig hefyd, 'dyn ni'n eithriadol o agos."

"Dw i'n siŵr eich bod chi. Meddylia am fy mrawd â finnau, yn mynd i mewn i bolitics gyda'n gilydd, yr un blaid, ac yn ennill. Y brawd a'r chwaer cyntaf ers dw i ddim yn siŵr pryd. Ond camgymeriad oedd hynny, wrth gwrs. Pan ddechreuodd y *paparazzi* durio i fywyd preifat Edward a'r sôn am *sleaze*, wel, dyna'i ddiwedd. 'Nath y sgandal ei ladd e. Ac er i mi sefyll eto, doedd 'y nghalon i ddim yn y peth. Baswn i wedi colli beth bynnag, oherwydd y tirlithrad... Ond dw i'n dechrau mynd yn atgofus ac yn benisel nawr. Does neb eisiau cydymdeimlo â hen Dori."

Teimlwn yn annifyr, roedd rhywbeth trist ac ofnadwy o unig o'i hamgylch ond pam dylwn i gydymdeimlo â hen fenyw a fu'n hyrwyddo egwyddorion lled ffasgaidd dro yn ôl? Yn erbyn erthylu; o blaid crogi.

"Ble mae hi? Dw i'n ofni bod rhywbeth ofnadwy wedi digwydd iddi." Neidiodd fy mhryderon dros fy ngwefusau.

"Paid â phoeni, Mr Cadwaladr," meddai Ann Griffiths ac roedd cymaint o gysur yn ei llais nes i mi ddechrau teimlo'n well wrth wrando arni'n siarad. "Dw i'n siŵr bod dy chwaer yn iawn a bod 'na reswm pam ei bod yn hwyr." Cododd a gwisgo'i menig. "Dw i'n dod i'r caffe yma bob dydd bron, tua'r amser yma. A dw i'n dod 'ma'n rheolaidd ar y dyddiau dw i'n gweithio yn y siop flodau. Rhyw fath o hobi yw hynny, wrth gwrs, rhywbeth i'w wneud. Dw i ddim yn gorfod gweithio. Sut mae dy ffrind gyda llaw, yr un 'da'r gwallt gwyrdd?"

"Gwallt oren nawr. Mae'n iawn, diolch."

"Cofia fi ato." Gwisgodd ei chôt. "Dw i'n mynd nawr. Dw i'n siŵr y daw dy chwaer yn y man. Hwyl, Mr Cadwaladr."

Arhosais yn y caffe tan dri o'r gloch a chan fod y staff yn dechrau gwgu arna i, arhosais tan bedwar yn yr arcêd y tu allan. Ond ddaeth hi ddim.

Penderfynais yr awn i lyfrgell y ddinas am dro i bori yn y llyfrau, ac wedyn, efallai yr awn i Ganolfan y Celfyddydau i weld ffilm. Roedden nhw'n dangos *Tristana*.

Roedd gweld Ann Griffiths eto wedi fy nghynhyrfu. Oedd hi'n cofio am ein 'carwriaeth' letchwith? A'r ffordd y bu i mi wneud ffŵl o'm hunan. Rhaid ei bod hi'n cofio am f'ymgais i'w blacmelio hi, ond daethai hynny i ben gyda diwedd ei gyrfa wleidyddol. Ac eto, roedd hi'n hynod o faddeugar a mawrfrydig ei hysbryd.

Yn y llyfrgell edrychais drwy Wyddoniadur Troseddau. Defnyddiwyd y Gadair Drydan gyntaf – er mawr syndod i mi – yn 1890. Sonnid am 'Ddienyddiadau gwyddonol ar gyfer Oes Wyddonol' yn y papurau. William Kemmler oedd y dyn cyntaf i gael ei ladd ganddi (cymerasai'r fwyell at ei gariadferch, Tillie Zeigler, yn 1889). Aeth Kemmler i'r stafell angau wedi'i wisgo'n drwsiadus ac wrth iddo gael ei glymu yn y gadair dywedodd wrth y sheriff nerfus, 'Don't get excited, Joe. I want you to make a good job of this'. Bu'n rhaid iddyn nhw yrru mil o foltiau drwy'i gorff ddwywaith cyn ei ladd.

Darllenais am y 'Weddw Broffesiynol', Belle Gunness. Ble bynnag yr âi roedd 'na duedd i'w chartrefi a'i busnesau fynd ar dân. Byddai hi wedyn yn casglu'r yswiriant ac yn symud ymlaen. Ymgartrefodd ar fferm yn Indiana. Arferai hysbysebu yng ngholofnau'r papurau am gariadon. Yna aeth y fferm ar dân yn 1908. Daethpwyd o hyd i gyrff plant a chorff menyw – ond nid corff Belle Gunness oedd e. Roedd hi wedi dianc. Daethpwyd o hyd i weddillion 14 o ddynion wedi'u claddu ar y fferm. Amcangyfrifir bod Belle Gunness wedi lladd dros ddeugain o bobl i gyd gan gynnwys ei phlant ei hun, ond ni chafodd erioed mo'i dal.

Cigydd, gwneuthurwr selsig yn Chicago oedd Adolph Luetgert a byddai'n mynd â menywod i'w ffatri ac yn cael cyfathrach rywiol gyda nhw. Cwynodd ei wraig na allai ddioddef ei odinebu. Yn sydyn diflannodd Mrs Luetgert. Aeth ei brawd at yr heddlu ac ar ôl archwilio'r ffatri cafwyd esgyrn dynol a modrwy briodas Louise Luetgert yn y cig – roedd ei gŵr wedi'i throi'n selsigen! Gwnaeth Fritz Haarmann, cigydd yn Hanover, yr un peth gyda thros dri deg o fechgyn rhwng deuddeg a deunaw oed; eu lladd nhw a'u troi nhw'n selsig. Ai'r storïau erchyll hyn oedd wrth wraidd stori fer Dürrenmatt sy'n dechrau gyda'r frawddeg drawiadol ofnadwy, 'Lladdodd dyn ei wraig a'i throi hi'n selsigen'. Roeddwn i wastad wedi credu taw stori abswrdaidd oedd honno. Ond yn aml iawn mae 'na sylfaen o wirionedd i'r storïau mwyaf abswrdaidd ac, yn fynych, mae'r byd go iawn yn rhyfeddach ac yn fwy abswrd na ffuglen.

Roeddwn i'n dechrau teimlo'n dost. Roedd darllen am yr holl lofruddiaethau erchyll yna yn codi pwys arna i. Pam yn y byd roeddwn i wedi edrych yn y ffasiwn lyfr afiach yn y lle cyntaf wyddwn i ddim.

Dw i wedi bod trwy ugeiniau o lyfrau sy'n ymwneud â Rio. Hen lyfrau, llyfrau newydd, llyfrau ffeithiol a ffuglen, atgofion, hanesion a dw i wedi pori trwy gannoedd – yn llythrennol – cannoedd o gylchgronau. Dw i wedi syrffio'r we hefyd ac wedi cael sawl sgwrs ddiddorol. Ond, daeth un peth yn amlwg i mi am y we; mae pawb sydd yn ei ddefnyddio naill ai'n hollol foncyrs neu'n chwilio am wefr fach rywiol. Mae'n rhyfeddol fel mae popeth ac unrhyw air rydych chi'n ei ddefnyddio ar y we yn arwain at bornograffi. Gwnes ymholiad ynglŷn ag Alfred Hitchcock dro yn ôl; a be ges i? Pornograffi. Ymholiad ynglŷn â Leonardo da Vinci – be ges i? Pornograffi eto. Dw i'n eitha siŵr erbyn hyn, 'tawn i'n gwneud ymholiad ynglŷn â'r Fam Theresa byddwn i'n cael 'Farmboys Do it with Horses'. Ond, ar ôl yr holl ymchwil ryngwladol hyn be' ges i ynglŷn â'r ferch ar y cei yn Rio? Dim. Dim yw dim.

Gadewais y llyfrgell dan gwmwl o iselder ysbryd wedi methu cwrdd â'm chwaer eto, ac wedi crafu hen grachen drwy siarad ag Ann Griffiths.

Fe es i ymweld â'r hen ardal o'r ddinas lle'r oeddwn i wedi byw o'r blaen. Dyna'r tŷ; lle Mr Schloss. Yn sydyn cefais fy meddiannu gan yr awydd i guro ar y drws a gofyn am Mr Schloss. Yn wir, allwn i ddim gwrthsefyll yr ysfa. Roedd fy mys yn pwyso ar fotwm cloch y drws cyn i mi sylweddoli beth oedd yn digwydd. Roedd Mr Schloss wedi marw on'd oedd e?

Yn ddisymwth agorodd y drws ac roedd 'na fenyw yn

sefyll yno yn disgwyl i mi ddweud rhywbeth. Roedd hi'n debyg iawn i Mr Schloss ond roedd ganddi ddafaden fawr ddu ar y dde uwchben ei gwefus.

Dywedais wrthi – heb oedi i feddwl peth mor od ydoedd – fy mod i wedi byw yn y tŷ unwaith dro yn ôl pan oedd dyn o'r enw Mr Schloss yn berchen ar y lle.

Yna fe ddigwyddodd un o'r pethau rhyfedd 'na sy'n digwydd weithiau. Dywedodd y fenyw taw Mr Schloss oedd ei brawd a'i bod hi wedi cael yr hen dŷ ar ei ôl e. Dechreuodd siarad a siarad yn fyrlymus. Gwahoddodd fi i mewn am glonc. Roedd stafell Mr Schloss wedi newid yn llwyr; yn lle'r awyrgylch tywyll, y celfi trwm a'r felfed lliw gwin coch roedd 'na dri darn eistedd swmpus mewn lledr gwyn, y drysau a'r waliau mewn lliw *magnolia*, trugareddau pres ym mhobman, troli diodydd pres, lampau bach pres ac, ar y wal, luniau o blant bach gyda phennau a llygaid mawr a dagrau ar eu gruddiau coch.

Roedd hi'n amlwg yn unig, yn byw yn y tŷ mawr 'na ar ei phen ei hun a neb i siarad â hi. Roeddwn i'n synnu pan ddechreuodd siarad Cymraeg, heb dinc o lediaith.

"Ond o'r Almaen roedd eich brawd a chi, ontefe?"

Bu bron iddi gael haint. Yna chwarddodd nes fy mod i'n ofni y byddai'r ddafaden yn ffrwydro.

"Nage. O Donypandy 'yn ni."

"Ond, yr enw; Mr Schloss?"

"Schloss, wir. Jones yw'n enw i a Jones oedd 'y mrawd, Emyr, nes i'r Almaen a'r Natsïaid a'r Iddewon fynd yn obsesiwn ganddo ar ôl iddo weld *Colditz* a meddwl ei fod e'n Iddew ac yn Natsi ar yr un pryd." Chwarddodd eto. "Almaenwr ffug oedd e, Natsi ffug, ac yn bendant Iddew ffug."

Diolchais iddi am y sgwrs, a'i gadael a cherdded 'nôl i'r ddinas eto.

Cerddais drwy'r strydoedd ar fy mhen fy hun. Roedd hi'n oer ac yn dechrau tywyllu. Cerddais i'r Ganolfan yn lle dal y bws. Y ffilm y noson honno oedd *Tootsie* (yn lle *Tristana* – y rhaglen wedi cael ei newid am ryw reswm); nid oedd yn un o'm hoff ffilmiau, rhy ddiweddar i mi, ond mae rhai'n ystyried y pethau cymharol newydd 'ma'n deilwng o'u disgrifio'n glasuron. Eisteddais yn nhywyllwch y sinema heb wylio'r ffilm, a'm meddwl yn dal i boeni am fy chwaer: beth oedd wedi digwydd iddi, ble'r oedd hi? Gwibiai'r lluniau o flaen fy llygaid heb gyffwrdd â'm hymennydd, roedd fy nghlustiau'n clywed heb wrando. Cyn i mi sylweddoli hynny daeth y ffilm i ben ac allwn i ddim dweud beth oedd wedi digwydd ynddi, doedd hi ddim wedi cyffwrdd â mi o gwbl.

Cerddais allan i'r cyntedd gyda'r bobl eraill a fu yn y gynulleidfa, ac wedyn es i tua thre.

"Ti jyst wedi'i cholli hi," meddai Owain Glyndŵr a oedd yn eistedd yn y gegin pan gyrhaeddais i'r fflat.

"Pwy?" gofynnais er fy mod i'n gwybod yr ateb hyd yn oed cyn iddo ddweud.

"Dy chwaer. Daeth hi yma'r prynhawn 'ma ac eto heno. Mae hi jyst wedi gadael."

Es i allan a rhedeg ar hyd glan yr afon, tuag at y ddinas. Ond allwn i ddim gweld neb, a throis yn ôl ychydig cyn i mi ddod at y bont. 'Nôl i'r fflat.

"Paid â phoeni." meddai O.G. "Mae hi wedi addo galw yma eto bore fory."

"Pam na wnaeth hi ddim dod i'r caffe prynhawn 'ma? Wnaeth hi ddweud?"

"Dwedodd ei bod hi wedi aros yno am awr a hanner a ffaelu deall ble'r o't ti."

"Ond o'n i yna a ddaeth hi ddim!"

"Mae'n amlwg eich bod chi wedi camddeall eich

gilydd," meddai O.G.

"Na, dw i ddim yn credu," meddwn i er na allwn i esbonio'r peth. "Pam na wnaethon ni ddim trefnu i gwrdd yma, yn y fflat 'ma yn y lle cyntaf – rhois i'r cyfeiriad iddi yn y nodyn, sgrifennodd hi'r llythyr ata i yma, daeth hi yma i chwilio amdanaf i. Dw i'n dechrau colli amynedd 'da hi. Dw i ddim yn siŵr ei bod hi'n mo'yn cwrdd."

"Roedd hi'n ofnadwy o siomedig ei bod hi wedi miso ti," meddai O.G. "Cawson ni glonc bach. Mae'n berson dymunol iawn."

"O ydi. Byddi di'n licio fy chwa'r. Hi yw'r person mwyaf creadigol dw i'n nabod," meddwn i a hiraeth amdani'n fy meddiannu. "Mae'n gallu coginio, a darlunio, a chwarae'r piano a thrafod llenyddiaeth a ffilmiau, ac mae ganddi ddychymyg fel Scheherezade. Pan oedden ni'n blant byddai hi'n dweud stori wrtho i bob nos, stori newydd, wahanol wedi'i dyfeisio o'i phen a'i phastwn am anifeiliaid a allai siarad a gwrachod ac ysbrydion."

"Pam rwyt ti mor hwyr yn dod 'nôl heno?" gofynnodd O.G.

"Dw i ddim mor hwyr. Es i i'r llyfrgell ac wedyn am dro ac wedyn es i Ganolfan y Celfyddydau i weld *Tootsie*."

"Hen ffilm," meddai Owain Glyndŵr nad oedd yn ffilm bŷff.

"Gwelais Ann Griffiths yn y caffe pan o'n i'n aros am Marged. Mae hi'n cofio atat ti."

"Dw i'n dal i synnu dy fod ti'n nabod aelod seneddol," meddai O.G.

"Cyn aelod seneddol. Collodd ei sedd yn y tirlithrad y tro diwetha."

"Sut o't ti'n ei nabod hi mor dda?"

"Daeth hi i 'nosbarth nos i pan o'n i'n dysgu yn y ddinas 'ma."

"Ac yna?" gofynnodd O.G. Roedd e'n greadur treiddgar iawn, roedd e wedi synhwyro rhywbeth.

"Wel, fe gwympais i mewn cariad â hi mewn ffordd."

"Piwcs! Mae'n lot hŷn na ti."

"Beth yw'r ots am hynny?" Gwridais.

"Ddigwyddodd rhywbeth?"

"Do. Er mawr cywilydd erbyn hyn cawson ni ryw fath o ffling."

"Be ti'n 'feddwl 'ffling'? Bonc? Wnest ti foncio 'da hi?"

"Do. Mewn ffordd o siarad."

"Be ti'n 'feddwl 'mewn ffordd o siarad'?"

"Aeth hi ddim yn iawn. Fe 'nes i gawl o'r peth. Fy mai i oedd e. Collais fy hunanreolaeth."

"Be'? Gest ti *premature ejaculation*?"

"Do," meddwn i, a gallwn i deimlo'r cochni'n mynd trwy fy nghlustiau hyd fonion fy ngwallt. Ond agorwyd y llifddorau a chyn i mi sylweddoli beth oedd yn digwydd roeddwn i'n cyffesu'r cyfan i Owain Glyndŵr Ffawsett, o bawb. "Dibrofiad a naïf o'n i. Ac roedd hi wedi gwneud ffŵl ohonof i, drwy ddweud rhyw storïau gwirion am ladd ei phlant a lladd ei thad a'i mam, ac o'n i wedi credu'r cyfan. Ond ar ôl y ffling 'na fe wnes i beth twp iawn, tynnais i luniau ohoni yn ei his-ddillad pan oedd hi'n cysgu a finnau'n gorwedd wrth ei hochr, achos ei bod hi wedi 'neud hwyl am 'y mhen i. Wedyn pan aeth hi i'r senedd fe wnes i beth ynfyd iawn. Fe geisiais ei blacmelio hi."

"Ei blacmelio hi!" Roedd gwallt porffor (y noson honno) O.G. eisoes yn sefyll ar ei ben, wrth gwrs. "Gest ti unrhyw arian oddi wrthi?"

"Do a naddo. Gofynnais iddi dalu i ffrind i mi fynd i gartref cyfforddus i hen bobl a chydsyniodd i hynny. Yna ymddangosodd ar y teledu yn y cartref hwn fel noddwraig y lle a phawb yn meddwl mor hael oedd hi. Ac ar ôl iddi

anfon cwpwl o gannoedd ata i ffoniodd i ddweud taw
'na'r cyfan o'n i'n mynd i'w gael ac y gallwn i geisio
cyhoeddi'r lluniau ac y byddai hi'n dweud eu bod nhw'n
ffug ac na fyddwn i ddim yn gallu profi taw hi oedd y
fenyw yn y lluniau beth bynnag ac wedyn y fi fyddai'n
'bennu lan yn y carchar achos bod blacmel yn drosedd
difrifol."

"Hy, baswn i wedi gyrru'r lluniau at y *News of the
World*," meddai O.G.

"Na, hi oedd yn iawn, hi wnaeth gario'r dydd!"

"Ond roedd hi mor neis y diwrnod o'r blaen."

"Mae hi'n ddymunol iawn. A phan glywais am
hunanladdiad ei brawd roedd 'da fi drueni drosti. A daeth
ei gyrfa seneddol i ben heb urddas a heb glod."

"Mae arna i chwant bwyd nawr," meddai Owain
Glyndŵr.

"Fe goginia i rywbeth inni. Beth am gyw iâr wedi'i bobi
mewn Coca-cola a saws siocled?"

"Mae'n swnio'n ffantastig," meddai O.G.

## 9

DIHUNAIS YN FORE a chwnnu i fod yn barod ar gyfer ymweliad fy chwaer. Roeddwn i'n llawn cyffro fel plentyn ar noswyl Nadolig. Es i'r lolfa ac edrych drwy'r ffenestr dros y dirwedd. Doeddwn i ddim wedi gweld y ddinas fel 'na ers amser; yn deffro, yn ymysgwyd o'i chwsg, yn gwthio'i blanced o gaddug i ffwrdd, yn ymestyn ei choesau a'i breichiau, yn rhwbio'i llygaid, yn gapo. Ambell gar yn symud yn y pellter, lorïau, faniau llaeth. Yr haul newydd sbon yn taro ffenestri tyrau ambell adeilad tal, oren. Ffigyrau unigol yn symud yn araf ar hyd y stryd gan lusgo'u traed tua'r gwaith.

Es i'r gegin i wneud cwpanaid o goffi. Doedd Owain Glyndŵr ddim wedi dihuno, afraid dweud, ac roeddwn i eisiau gofyn iddo pryd roedd Marged wedi dweud y byddai hi'n galw, os oedd hi wedi dweud o gwbl. Doeddwn i ddim yn siŵr, allwn i ddim cofio. Ond roeddwn i'n disgwyl iddi ddod yn weddol gynnar, ond ddim yn ofnadwy o blygeiniol chwaith, tua deg neu un ar ddeg o'r gloch mwy na thebyg, ac wedyn aen ni i'r ddinas gyda'n gilydd, efallai, achos mae Marged yn licio prysurdeb y strydoedd, y bobl, y siopau a'r caffes cymaint â minnau.

Canodd y gloch a rhedais i lawr y grisiau fel llewpart â dart yn ei din i ateb y drws.

"By-by-bore dy-dy-da, Mr Cadwaladr." Mor siomedig oeddwn i weld ffigwr tal, cul Dr Llywelyn. Wedi dod i gasglu'r rhent roedd e.

"Gy-gy-ga i ddod i mewn?" Dyna'i gwestiwn bob tro y

deuai i alw arnon ni, er mai ef oedd perchennog y fflat, wrth gwrs.

"Croeso, dewch i mewn," meddwn i.

"A gy-gy-gweud y gy-gy-gwir, Mr Cadwaladr, mae 'na reswm arall dy-dy-dros alw heddiw," meddai wrth gymryd ein sieciau a sgrifennu'r ffigurau yn ein llyfrau rhent. "Mae dy-dy-dyn yn galw'r by-by-bore 'ma i edrych ar y sy-sy-stafell arall."

Dyna ni, meddyliwn i, dyna ddiwedd ar fywyd tangnefeddus O.G. a minnau. Beth oedd e? Hipi, gwallgofddyn seicopathig, blaidd-ddyn neu Natsi mewn gwisg gweinidog?

"Py-py-paid â phoeni," meddai Dr Llywelyn, yn union fel petasai wedi darllen fy meddwl. "Dy-dy-dewisais un ddylai ffitio i mewn gyda ty-ty-ti ac Owain Glyndŵr. Cy-cy-cymro Cy-cymraeg, cy-cy-capelwr. 'Na sut cy-cy-cwrddais i ag ef."

Aeth y gloch a neidiodd fy nghalon i'm llwnc.

"Dy-dy-dyna fe nawr, siŵr o fod."

"Dw i'n disgwyl fy chwaer i alw'r bore 'ma hefyd, Dr Llywelyn."

Rhedais i lawr y grisiau eto fel ci yn barod i groesawu'i feistr, gan edrych ymlaen at neidio lan a llyfu'i wyneb. Ond pan agorais y drws, pwy oedd yn llenwi'r ffrâm y tro hwn ond Gwynfab, ysgrifennydd yr Adran AAP-G, a syllu ar ein gilydd yn ddiddeall a wnaethon ni am sbel.

"Ethgob! Mr Cadwaladr bach," meddai Gwynfab yn ei lais gwichlyd gwirion. "Yma rydw i i gwarfod dyn o'r enw Llywelyn, Dr Morrith Llywelyn. Ydw i wedi dŵad i'r tŷ anghywir 'dwch?"

"Na, na. Mae Dr Llywelyn yn eich disgwyl chi lan llofft yn y fflat. Dyma lle dw i'n byw."

"Ow," meddai Gwynfab yn bwdlyd. "Byddwn ni'n

gydletywyr, felly. Fy ffiol thydd lawn!"

Aeth lan y grisiau o'm blaen i, a'i ben-ôl llydan yn siglo o'r naill ochr i'r llall fel dau falŵn.

Croesawodd Dr Llywelyn yr ymwelydd yn gynnes.

"Ydych chi'n ny-ny-nabod Mr Cadwaladr?"

"Yndw. Mae o'n un o'm thtiwdanth i yn y coleg acw."

Dangosodd Dr Llywelyn y fflat iddo, y gegin, y stafell ymolchi, y lolfa gyda'r soffa seicadelig, a'r stafell fechan lle y byddai Gwynfab yn gorfod gwneud ei gartref – prin yr oedd 'na le i'r ddau ohonynt ynddi gyda'i gilydd. Ond pan ddaethon nhw allan roedd Gwynfab wedi penderfynu yn barod ei fod e'n mynd i'w chymryd.

"Ty-ty-trueni nad yw Owain Glyndŵr 'ma i ti gael cy-cy-cwrdd ag e," meddai Dr Llywelyn.

"Mae'n dost," meddwn i. "Yn ei wely 'da phen tost ofnadwy. Mae'n eu cael nhw'n aml ac yn diodde'n enbyd."

" 'Motsh," meddai Gwynfab yn ei lais deffro cŵn. "Dw i'n thicr o gwarfod efo fo yn hwyr neu'n hwyrach oth ydan ni'n rhannu'r un llety, 'ntydw i?"

"Wyt," meddai Dr Llywelyn. "By-by-basa fe wedi bod yn neis i ti gy-gy-gwrdd ag ef cyn i ti gy-gael dy by-bethau".

" 'Di o'n gneud fawr o wahaniaeth i mi, 'thti, Dr Llywelyn," meddai Gwynfab.

Ar ôl dweud 'bore da' a 'hwyl' wrtho i, aeth Dr Llywelyn a Gwynfab i lawr y grisiau gan drafod allweddi a threfniadau symud i mewn ar eu ffordd allan. Yna, roedd y fflat yn dawel unwaith eto, heb chwa o sŵn yn dod o stafell Owain Glyndŵr.

Roeddwn i'n teimlo'n ddigalon. Allwn i ddim meddwl am rywun gwaeth i rannu'r fflat gydag e na Gwynfab. Wel, gallwn feddwl am ambell un gwaeth – Hitler, Pol Pot, Idi Amin, Jeffrey Dahmer, Fred West.

Ble'r oedd Marged? Wiw i mi symud o'r fflat cyn iddi

ddod. Ond, hir yw pob ymaros.

Es i'm stafell i chwilio am fy ffeil ar 'Y Ferch ar y Cei yn Rio' a mynd wedyn i'r lolfa i geisio gwneud tamaid bach o waith ar fy nhraethawd mewn ymdrech i ddargyfeirio fy meddwl yn lle edrych ar y cloc bob pum munud. Gorweddais ar y soffa.

Ychydig o bapurau oedd yn y ffeil, a gweud y gwir; dau lungopi o'r gerdd, ambell nodyn wedi'u sgrifennu'n frysiog ar gardiau mynegai bach. Rhestr o enghreifftiau o bobl go iawn a oedd yn sail i gymeriadau enwog mewn ffuglen a barddoniaeth. Alice Pleasance Liddell, y seiliwyd cymeriad Alice yn storïau Lewis Carroll arni. Air Commodore Cecil George Wigglesworth (1893-1961), y seiliwyd James 'Biggles' Bigglesworth gan W.E.Johns arno. Dr Joseph Bell (1837-1911) a ysbrydolodd Sherlock Holmes. Comtesse Greffule, y Duchesse de Guermantes wreiddiol yn nofel fawr Proust. Chwarae teg, roeddwn i wedi gwneud tipyn o waith ymchwil. Roedd 'na sail i Joan Hunter Dunn yng ngherdd Betjeman a'i henw oedd Joanna Hunter Dunn. Roedd 'na fodelau hefyd i'r Ancient Mariner, Heathcliffe, Madame Butterfly, Madame Bovary, Bartleby, Billy Bunter, Leopold Bloom, Dorian Gray, Hiawatha, ac Enoch Soames. Ond y peth tebygaf i'r Ferch ar y Cei yn Rio oedd y wir Miss Havisham. Martha Joachim oedd ei henw hi. Buasai'n feudwyes ers ugain mlynedd, byth yn mynd mas, bob amser wedi'i gwisgo mewn gwyn, pan fu farw yn 1849. Yn 1825 'a suitor... whom her mother rejected, shot himself while sitting on the sofa with her, and she was covered with his brains. From that moment she lost her reason'.

Oedd 'na hanes trasig tebyg yn gefndir i'r ferch 'na ar y cei yn Rio? Gallwn weld y ferch yn ffarwelio â'i chariad ar y cei a hwnnw'n boddi yn y môr mewn llongddrylliad yr un diwrnod a hithau'n methu credu'r peth, yn gwrthod ei gredu; fe'i gwelwn yn mynd i'r harbwr bob dydd i ddisgwyl i'w chariad golygus ddychwelyd. Mae amser yn sefyll yn stond yn ei meddwl fel ffotograff sepia; mae'n gweld ei wên lydan, ei aeliau tywyll, ei lygaid yn disgleirio, ei ddwylo cryf ond tyner. Mae e'n aros fel 'na, byth yn heneiddio, byth yn newid.

Ond heb iddi sylweddoli, mae hi ei hun yn heneiddio, yn araf, oherwydd bod ei meddwl a'i hysbryd wedi rhewi ac yn dal yn eu hunfan; ei chorff sy'n heneiddio, ei gwallt sy'n britho, ei hwyneb sy'n rhychu ac yn cael ei grimpio gan yr haul crasboeth, gan chwip y gwynt, gan ffrewyll y glaw a hithau'n mynd i'r cei ym mhob tywydd.

Ond y tu mewn mae hi'n ddeunaw o hyd, yn heini, ei chorff yn denau, ei breichiau a'i choesau'n hyblyg, ei gwên yn fflach o ddannedd gwyn, ei gruddiau yn rhosynnod gwyngoch. Mae amser yn golchi drosti fel y môr dros y cerrig ar y traeth, mae amser yn gwibio heibio iddi fel mae'r awelon yn torri ar y creigiau, yn hollti yn erbyn y mynydd di-ildio. Dyw amser ddim yn effeithio ar gnewyllyn ei bod; dyw'r oriau, misoedd, blynyddoedd ddim yn cyrraedd ei chalon lle y mae hi'n dal yn ifanc ac yn dal i ddisgwyl ei chariad newydd ymadael, newydd ei chusanu, lle y mae cyffyrddiad ei wefusau yn dal yn wlyb ar ei gruddiau; yn ei phen does dim presennol ond y presennol hwnnw pan hwyliodd ei chariad i ffwrdd; does dim gorffennol ond y presennol hwnnw, dim dyfodol ond y presennol hwnnw. Y tu allan iddi hi mae angau yn trechu – ond ar eiliad ei farwolaeth mae'i chariad yn y llun sepia yn symud eto, ei wên yn lledu, ei lygaid yn serennu, mae'n ymestyn ei freichiau tuag ati, mae'n ei chofleidio. Yn ei siglo, siglo...

"Mr Cadwaladr, Mr Cadwaladr!"

"Be' sy'n bod? Ble rydw i? Owain Glyndŵr"

"Ti wedi bod yn cysgu."

"O na! Paid â gweud 'mod i wedi colli'n chwaer 'to!"

"Canodd hi'r gloch lot o weithiau, Mr Cadwaladr," meddai Owain Glyndŵr. "Ond erbyn i fi gwnnu, gwisgo 'nhrowsus a rhedeg i lawr y grisiau, roedd hi wedi mynd. Edrychais lan a lawr y stryd. Wedi mynd."

"O na, na!" meddwn i fel ci yn udo. Plygais fy mhen i'm harffed a'i gofleidio yn fy mreichiau. "Gallwn i gicio fy hun! Chlywais i mo'r gloch o gwbl!"

"Mae 'na nodyn 'ma, Mr Cadwaladr."

Fe'i cipiais o fysedd Owain Glyndŵr a'i ddarllen yn frysiog – ei sgrifen hyfryd, cyrliog, metalaidd hi:

*Annwyl Gogo,*

*Paid â phoeni. Dere i gwrdd â mi wrth brif fynedfa Evans prynhawn 'ma am hanner awr wedi un yn brydlon. Fe fyddaf yno yn d'aros di y tro hwn, yn bendant. A wna i ddim symud cyn i ti gyrraedd. Rwy'n edrych ymlaen yn fawr iawn at yr aduniad.*

*Tan hynny, cariad cynnes,*

*Didi xxx.*

"Alla i ddim aros tan un o'r gloch," meddwn i wrth Owain Glyndŵr. "Beth 'taswn i'n ei cholli hi eto? Dw i'n mynd yno am hanner dydd i 'neud yn siŵr 'mod i yno o'i blaen hi. Beth yw'r amser nawr, O.G?"

"Ugain munud wedi un ar ddeg."

"Ti eisiau dod 'da fi?"

"Nac ydw, dw i'n teimlo'n rhy nerfus heddiw."

"Alla i ddim diodde aros yn y fflat 'ma. Dw i'n mynd nawr."

# – 10 –

A DYNA LLE'R oeddwn i, o chwarter i ddeuddeg tan un. A phan ddaeth un o'r gloch – gallwn glywed cloc y castell yn taro'r awr – doedd hi ddim yno wrth y brif fynedfa. Roeddwn i'n dechrau pryderu; roedd fy nghoesau'n crynu ac roeddwn i'n chwysu'n botsh er ei bod hi'n oer y diwrnod hwnnw. Arhosais tan hanner awr wedi tri ond welais i mohoni ac am bedwar roeddwn i wedi trefnu i weld Dr Powell.

Wrth i mi gerdded i gyfeiriad y campws, a'm calon wedi'i hollti ar eingion siom eto, teimlwn fel sgrechian nes bod fy nicter yn diasbedain trwy'r ddinas ac yn cyrraedd clustiau Marged ble bynnag roedd hi. Ond yna, cododd fy ngobeithion wrth i mi nesáu at y coleg; y noson honno roeddwn i wedi trefnu i fynd i ddarllen darn arall o *Mein Kampf* i Wncwl Ioan Richards a gallwn i'n hawdd alw ar Marged naill ai cyn mynd i weld yr hen ddyn neu wedyn.

"Dw i wedi cochwyn thymud 'metha i mewn i'r fflat wthti," meddai Gwynfab.

Y tu ôl i'w wyneb caled, oeraidd gwyddwn fod Gwynfab yn cuddio calon galed, oeraidd. Cefais ei ganiatâd gwrthnysig i fynd lan i weld Dr Powell ar ôl iddo ffônio.

"Sut wyt ti, Sam?" gofynnodd Dr Powell yn hynaws a chroesawgar, fel arfer. "On'd yw'r tywydd wedi oeri'n sydyn? O, 'na beth ofnadwy, ontefe? Siarad am y tywydd. Dw i wastad yn meddwl bod pobl sy'n siarad am y tywydd yn bobl anniddorol, dim byd arall 'da nhw i'w 'weud. Ond dw i'n ei 'neud e fy hunan, heb yn wybod i mi, weithiau. Mae'n ffordd hwylus o dynnu sgwrs, on'd yw hi? Rhy hwylus. Mae 'na glytiau o ymddiddan ('na i ti air od) fel petaen nhw'n hongian yn yr awyr, wedi'u llunio, eu cyfansoddi'n barod, fel dillad o'r peg, bwyd tun, prydau parod i'w sticio yn y popty ping. Mae 'na ddarnau o ymgom (gair mwy od byth) wedi'u cyfansoddi ar ein cyfer ymlaen llaw, fel petai, yn barod i'w gweud, does dim rhaid inni feddwl o gwbl; gwynt –'mae'n whwthu heddi, on'd yw hi?' glaw – ' 'na dywydd brwnt, ontefe?' haul –'o, mae'n llethol o boeth heddi, on'd yw hi?' niwl – 'jiw, jiw, mae hi fel cawl tatws heddi, on'd yw hi?' eira – ' 'na lyfli mae'r eira, ond mae'n well 'da fi fod ar bwys y tân'. Neu, 'mae naws y gwanwyn ynddi heddiw on'd oes?' a sylwer ar yr holl dagia anochel –'on'd yw hi', 'ontefe', 'on'd oes', 'on'd yw hi' eto. Ydyn nhw'n gwestiynau go iawn – os wyt ti wedi profi'r un tywydd â pherson arall, on'd yw'r peth yn hollol amlwg i'r ddau ohonoch chi? Beth yw diben y cwestiynau 'na? Pwy sy'n mynd i anghytuno? Wedi gweud hynny, dw i'n cofio hen wncwl i mi oedd bob amser yn arfer gwneud pwynt o anghytuno â'r sylwadau tywyddol ystrydebol hyn: 'Mae'n braf iawn heddiw, on'd yw hi, Jaco?' 'Nac yw, dyw hi ddim'. ' 'Na i chi law ofnadwy, ontefe Jaco?' 'Nage, dw i'n licio'r glaw'. 'Na un ffordd, efallai, o dorri trwy'r ystrydebaeth 'ma. Ond sa i'n siŵr chwaith; mae ystrydebau'n gallu bod yn ddefnyddiol iawn os wyt ti'n teimlo'n chwithig a 'sdim byd gwell 'da ti i'w 'weud. Sy'n dod â mi'n ôl at 'y mhwynt gwreiddiol. Felly, sut mae'r gwaith ymchwil yn dod yn ei flaen yr wythnos 'ma, Sam?"

Amlinellais fy holl waith ar rowndwal gwreiddiol cymeriadau mewn ffuglen a barddoniaeth; y Sherlock Holmes go-iawn, y Tadzio go-iawn, y Jane Eyre go-iawn.

Torrodd Dr Powell ar fy nhraws.

"Yn y nofel *The House of the Seven Gables* gan Nathaniel Hawthorne," meddai, "mae 'na gymeriad o'r enw Judge Jaffrey Pyncheon. Dyna enw digon anghyffredin, meddet ti. Ond pan gyhoeddwyd y nofel yn 1851, sgrifennodd rhywun at Hawthorne i gwyno'i fod e wedi pardduo enw da ei dad-cu, sef Judge Pyncheon – o Salem, lleoliad y nofel! Ond doedd y llenor ddim yn gwybod dim amdano. Ar ôl i gân enwog y Beatles gyrraedd brig y siartiau, sylwodd nifer o bobl ar fedd mewn mynwent yn Lerpwl ac ar ei garreg yr enw Eleanor Rigby – ond taerodd Lennon a McCartney na wydden nhw ddim am y garreg fedd ac mai dyfeisio'r enw wnaethon nhw. Felly, Sam, mae 'da ni ddau symudiad i mewn ac allan o ffuglen – y modelau y buost ti'n sôn amdanyn nhw'n symud i mewn i diriogaeth y dychymyg, gan adael cynsail mewn byd o ffeithiau – er enghraifft, Alice Lidell – a chymeriadau dyfeisiedig fel petaen nhw'n dianc o'u priod le mewn llenyddiaeth ac yn darganfod cartref arall y tu allan i ffuglen mewn lleoliad daearyddol, fel Eleanor Rigby. Beth wyt ti'n ei ddangos yn dy draethawd di yw fod ffuglen yn ymgiprys â'r abswrd ac yn chwilio am symlrwydd. Ond ar hyn o bryd, mae dy ferch di'n dal i sefyll ar y cei yn Rio, ei llygoden ar ei hysgwydd yn dal i sbio, ond neb eto yn ei difrïo a T.H.Parry-Williams yn dal i'w phitïo, a 'na i gyd wyt ti'n gallu'i 'neud i'w chanfod yw dal i drio a thrio."

Y noson honno daliais y trên yr holl ffordd o ganol y ddinas i'r faestref lle'r oedd Marged ac Wncwl Ioan Richards yn byw. Canais gloch Marged yn gyntaf. Ni chefais ateb. Doeddwn i ddim yn disgwyl iddi fod yno. Roeddwn i'n dechrau anobeithio ac yn ofni bod y ddinas wedi'i llyncu. Ond yna, cliriais y ddelwedd ofnadwy honno o'm meddwl a mynnu bod yn optimistaidd. Byddwn i'n darllen pwtyn o waith Hitler i'r hen ddyffer ac wedyn byddwn i'n canu'i chloch eto a byddai hi yno a bydden ni'n treulio'r noson yn siarad ac yn chwerthin ac yn hel atgofion.

Canais gloch Mr Richards a daeth Betsan a sodro clamp o gusan ar 'y moch.

"O, mae'n lyfli dy weld ti 'to. Dere miwn, mae fa wedi bod yn dy ddishgwl di drw'r diwetydd."

Roedd e'n eistedd yn ei gadair, wedi'i lapio mewn blancedi, o flaen y tân a oedd yn bugunan fel arth, ac yn boeth uffernol, bron yn llythrennol.

"Ifan bach 'chan, sut wyt ti?" meddai gan afael yn fy nwylo. "Ew, ti'n oer, 'chan, dere at y tân 'ma i dwymo. Mae Betsan yn mynd i baratoi trît inni heno, ond mae'n syrpreis, 'smo fi'n mynd i 'weud beth yw e. Teimlo dy ddwylo di nawr yn f'atgoffa i o pan o't ti'n grwtyn bach wyth neu naw oed ac yn aros 'da fi ac Anti Megan, ac o't ti wedi bod mas yn chwarae yn yr eira drwy'r bore a dest ti mewn dan grio, 'Wncwl Ioan, mae 'nhraed i fel dau floc o rew ac mae 'mysedd i'n brifo fel y diawl,' a 'naethon ni i gyd chwerthin, Megan, Betsan a finnau ar yr ymadrodd 'fel y diawl'. Ti'n cofio hynny, on'd wyt ti?"

"Ydw," meddwn i, ond doeddwn i ddim oherwydd doedd y pethau 'na ddim wedi digwydd i mi, nid Ifan oeddwn i. Ond wiw i mi ddadrithio'r hen ddyn nawr.

"A! Dyma Fetsan," meddai'r Wncwl wrth i'r fenyw gron ddod i mewn i'r stafell gyda'r troli, y llestri te a theisen anferth.

"Dyma ni, Ifan bach," meddai Betsan yn glamp o falchder. "Dy ffefryn. Cacen almon a chwstard."

"O, diolch yn fawr, Betsan, iym-iym," meddwn i gan gogio llyfu fy ngwefusau. Fy ngobaith oedd y byddwn i'n gallu gadael y deisen ar fy mhlât heb gyffwrdd â hi.

" 'Smo ti'n mynd i roi sws i Betsan i 'weud diolch iddi?"

gofynnodd yr hen ŵr. Ac er mwyn ei ddyhuddo ef a Betsan fe'i cusanais ar ei boch chwith.

"Diolch, Betsan," meddwn i.

"Nawr 'te," meddai Betsan. "W i'n myn' i aros 'ma nes dy fod ti wedi'i byta hi i gyd."

Rwy'n siŵr 'taswn i wedi gwrthod y baswn i wedi torri'u calonnau nhw. Cymerais dafell o'r deisen a gorchudd o gwstard drosti a phenderfynu mai'r peth gorau i'w wneud oedd dodi darn mawr yn fy ngheg yn lle'i deintio fesul tamaid. Teimlai'r deisen fel sach o flawd llif yn fy mhen. Roeddwn i'n ofni y byddwn i'n chwydu dros y lle i gyd, neu'n gorfod poeri cynnwys fy ngheg ar y carped, ond caeais fy llygaid a gweithredu f'ewyllys a meddwl am ddim byd ond pethau da, melys, fy mhrydau fy hun, y pethau y byddwn i'n eu coginio i mi ac i Owain Glyndŵr. Yna, clywais gloch yn tincial yn y pellter a chynnwrf yng nghrombil y rhandy anferth. Agorais fy llygaid a gweld Betsan yn mynd trwy un o'r drysau. A chan fod yr hen Wncwl wedi'i dilyn hi gyda'i lygaid, achubais ar y cyfle i ollwng y belen o siwps o'm ceg i'm poced. Cael a chael oedd hi oherwydd troes yr hen ddyn ataf eto.

"Anti Megan yn dod," meddai.

Yn naturiol, pan ddywedasai'r stori am yr eira gan gyfeirio y tro hwnnw at yr Anti Megan 'ma, roeddwn i wedi neidio i'r casgliad ei bod hi wedi marw, pwy bynnag oedd hi. Y peth nesaf daeth Betsan a Webb i mewn yn gwthio hen gadair Caerfaddon ac ynddi fenyw gant oed o leiaf a barnu wrth ei golwg. Ond pan welodd fi bu bron iddi neidio o'r gadair.

"Ifan, 'machgen annwyl i! Ifan annwyl!" gwaeddodd.

Mynnai fy mod yn plygu i lawr i'w chusanu hi. Pwy bynnag oedd Ifan a ble bynnag yr oedd, rhaid fy mod yn drybeilig o debyg iddo, waeth doedd dim angen i mi wneud dim i argyhoeddi'r bobl hyn taw Ifan oeddwn i. Y feri un.

Setlwyd Anti Megan yn ei chadair eto, wrth ochr Wncwl Ioan.

Aeth Betsan â'r troli i ffwrdd gan nodi fy mod wedi 'byta' talp o'r deisen.

Ar ôl iddi hi a Webb adael, estynnodd Mr Richards *Mein Kampf* tuag ataf; roedd ar agor ar y dudalen briodol.

Darllenais am ryw dri chwarter awr – a'r henwr a'r hen wraig yn porthi'n ddedwydd bob hyn a hyn, nes iddyn nhw syrthio i gysgu.

Cripian allan roeddwn i pan ddaliwyd fi ar y ffordd gan Webb.

"Hwde," meddai gan estyn amlen frown i mi. "Dyma'r pae am heno ac mae Mr Richards yn mo'yn i ti ddod eto yr wythnos nesa, yr un amser, os gweli di'n dda."

Es allan i'r cyntedd a lan y grisiau i fflat B a phwyso ar fotwm y gloch. Dim ateb. Curais y drws yn galed. Dim. Canais y gloch am amser hir gan adael fy mys ar y botwm. Rhy hir, efallai, gan wneud gormod o sŵn oherwydd clywais rywun yn dod i lawr o'r fflat uchaf. Roeddwn i ar fin rhedeg i ffwrdd pan glywais lais a'm rhewodd yn y fan a'r lle.

"Mr Cadwaladr." Llais digamsyniol, llais y byddwn wedi ei nabod ar y lleuad neu ar waelod y môr. Codais fy llygaid a gweld, yn glir ac yn berffaith, yn gyntaf y sgidiau sodlau uchel sgleiniog lliw lafant, yna'r coesau hirion siapus, sgert a siaced yn cyd-fynd â'i gilydd ac â'r sgidiau, siwmper *cashmere* lliw hufen, y llaw ar ganllaw'r grisiau, a'r ewinedd hir.

"Mr Cadwaladr," meddai Ann Griffiths yn syn unwaith eto.

# Y Bedwaredd Ran

# – 1 –

DWN I DDIM PAM 'nes i gydsynio i fynd lan i fflat Ann Griffiths y noson honno; mwy na thebyg mai oherwydd i mi ddweud wrthi fod Marged, fy chwaer, yn byw yn fflat B a bod Miss Griffiths wedi dweud ei bod hi'n ei nabod hi o ran ei golwg a'u bod nhw wedi cyfarch ei gilydd yn y cyntedd sawl gwaith.

"Ar ôl i mi ddod 'nôl i'r ddinas 'ma i fyw," meddai, "ac ar ôl hunanladdiad fy mrawd gwerthais yr hen dai mawr a phrynu'r fflat bach twt 'ma."

Fel fflat Wncwl Richards a'i griw roedd yr ansoddair 'twt' yn golygu 'twt mewn cymhariaeth â'r Tŷ Gwyn yn Washington'. A rhaid bod un Marged tua'r un faint.

"Dw i wedi bod yn chwilio am fy chwaer," meddwn i. "Ond am ryw reswm dw i'n ei cholli hi o hyd."

"Gallwn i roi neges iddi os wyt ti'n dymuno," meddai Miss Griffiths.

" 'Fallai basai hynny yn syniad da," meddwn i. "Ond mi sgrifenna i nodyn i'w wthio o dan ei drws hefyd, rhag ofn."

Cynigiodd Miss Griffiths wydraid o win imi.

"Paid â phoeni," meddai hi. "Wnaiff yr un peth â'r tro diwetha ddim digwydd eto."

"Dw i'n teimlo'n ofnadwy am hynna," addefais. "Mae cywilydd arnaf i."

" 'Sdim eisiau i ti boeni," meddai. "Dw i wedi anghofio'r cyfan!"

A dilynais hi i'w fflat. Peth annoeth i'w wneud.

Edrychais o gwmpas y rhandy moethus. Roedd yn olau

iawn gyda ffenestri mawr yn ymestyn o'r llawr hyd at y nenfwd, lle tân marmor, petryal ei siâp. Roedd y waliau'n llwydaidd, bron â bod yn wyn, a lliw hufen oedd y carped dwfn. Roedd y llenni o sidan gyda streipiau tenau llwyd, hufen a melynwyrdd a leim. Roedd 'na sawl cadair freichiau, pob un yn wyrdd golau (eisteddai Miss Griffiths ar un ohonyn nhw) a soffa anferth, lle'r oeddwn i'n eistedd, wedi'i gorchuddio â brethyn llyfn glaslwyd ac roedd clustogau gwyrdd golau arni. Yng nghanol y stafell roedd 'na ford isel o bren ac arni bentwr o lyfrau mawr ar bynciau celfyddydol. Roedd 'na ffiol wydr hirdal hefyd ac ynddi bennau tri blodyn agapanthus gwyn. Mewn cornel safai piano cyngerdd bach ac, ar y piano, mewn fframiau lliw arian, roedd 'na gasgliad o luniau; Miss Griffiths y noson yr etholwyd hi i'r senedd gyntaf, Miss Griffiths a'i diweddar frawd, Miss Griffiths a'r Farwnes Thatcher, Miss Griffiths a Dame Shirley Porter, Miss Griffiths a'r Fam Theresa, Miss Griffiths ac Imelda Marcos, Miss Griffiths a'r Dywysoges Diana, Miss Griffiths ac Augusto Pinochet, Miss Griffiths a Cerys Catatonia.

"Atgofion am fy nghyfnod yn y Senedd," meddai hi wrth fy ngweld i'n edrych arnyn nhw. "Nid 'mod i'n teimlo unrhyw hiraeth am y dyddiau 'na; faswn i ddim yn mynd 'nôl atyn nhw beth bynnag, nac yn ôl i San Steffan chwaith, nac i'r Cynulliad bondigrybwyll.

Oedd 'na dinc o siom neu o chwerwedd yn ei llais, cysgod o ddadrithiad yn ei llygaid?

"Does dim rhaid inni fod yn elynion nawr, Mr Cadwaladr," meddai hi. "Pam na chawn ni fod yn ffrindiau?"

"Os wyt ti'n barod i faddau imi, 'dyn ni'n ffrindiau yn barod," meddwn i.

"Wnawn ni ddim sôn am faddeuant, dim ond codi'n

gwydrau i gyfeillgarwch."

"I gyfeillgarwch," meddwn i gan godi fy ngwydr. "Ac i'w fendithion."

Hwyrach fod y ddau ohonom wedi cael gormod i'w yfed yn barod.

"Mae'n hwyr, Miss Griffiths. Af i lawr i ganu cloch Marged unwaith eto ac os nad oes ateb rhaid i mi fynd tua thre ar y trên nesa, y trên ola."

Daeth Miss Griffiths i lawr i'r landin a chenais y gloch. Ddaeth neb i'r drws.

"Mi wna i ddweud wrthi dy fod ti wedi galw pan wela i hi," meddai Ann Griffiths. "Ond cofia ddod i'm gweld i yma eto neu yn y siop flodau yn Evans."

"Bydda i'n galw'r wythnos nesa i ddarllen i Mr Richards yn fflat A," meddwn i.

"Dere lan i 'ngweld i wedyn 'te. Nos da."

"Nos da."

Roeddwn i'n rhy gynnar i'r trên o ryw ddeng munud pan gyrhaeddais yr orsaf. Dim ond un gysgodfa oedd yno ac roedd honno wedi'i meddiannu gan griw o lanciau swnllyd a meddw. Sefais yn y cysgodion gan obeithio na fydden nhw'n sylwi arnaf i. Mae 'na rywbeth bygythiol ynghylch sŵn hwyl pobl eraill. Dydyn ni ddim yn cofio hynny pan fyddwn yn chwerthin ac yn cellwair ymhlith criw o ffrindiau; y peth olaf sy'n dod i'n meddwl ar brydiau felly yw ofnau'r person ar ei ben ei hun gerllaw. Ond roedd 'na rywbeth cras a chyntefig yn perthyn i fwstwr y bechgyn hyn, rhywbeth anwar a llwythol. Allwn i ddim bod yn siŵr nad oedden nhw'n feddw. Pethau mympwyol a gwyllt yw bechgyn meddw. Doeddwn i ddim yn siŵr sawl un ohonyn nhw oedd yna – roedd eu lleisiau, eu bloeddiadau sydyn, dirybudd, yn un cymysgedd heb ddechrau na diwedd na synnwyr – doeddwn i ddim eisiau edrych arnyn nhw, gallai un edrychiad eu digio. Roedd 'na ddau neu dri ohonyn nhw yn neidio o feinciau'r gysgodfa allan ar y platfform ac at ymyl y dibyn. Roedden nhw'n f'atgoffa o'r Jets a'r Sharks yn *West Side Story* – heb y caneuon, heb y coreograffi a heb y gerddoriaeth. Fe'm caeid allan o'u byd gan eu hwyl, eu hieuenctid a'u hiaith – Saesneg gydag acen Gymreig y ddinas. Ond mae person distaw, ar wahân, ar ei ben ei hun yn gallu ennyn dicter ac ysgogi ymosodiad. Roeddwn i'n ddiymadferth, heb le i guddio a neb arall o gwmpas.

Yna, daeth y trên, yn wreichionyn yn y pellter i ddechrau ac yna'n silindr o oleuni a chynhesrwydd a sefyll o'm blaen i, gydag ymyl y platfform. Dim ond ychydig o bobl oedd ynddo, a chan nad oedd ond dwy goets doedd y bechgyn ddim yn bell i ffwrdd er i mi aros iddyn nhw fynd i mewn yn gyntaf er mwyn i mi ddewis y goets arall wedyn.

Roeddwn i'n falch pan gyrhaeddodd y trên ganol y ddinas a phan allwn i gerdded gweddill y ffordd tua thre. Roeddwn i wedi dianc oddi wrth y bechgyn. Hwyrach eu bod nhw'n ddigon diniwed yn y bôn ond doeddwn i ddim eisiau rhoi prawf arnyn nhw. Ar ben hynny roedd hi'n dywyll, roedd y strydoedd yn dawel a thipyn o ffordd i fynd eto, heolydd i groesi, sawl llwybr cul, sawl gwli i basio – a phwy a wyddai na fyddai criw arall yn llercian yn y cysgodion yn barod i neidio allan arnaf, fy waldio, fy nghicio, dwyn f'arian – dim arian – torri fy nghorn gwddf a'm gadael mewn pwll o waed. Pasiais butain neu ddwy, a bachgen 'ar log', ys dywedir.

Rhyddhad oedd cyrraedd y drws ffrynt a gwthio'r allwedd i'r clo, cau'r drws y tu ôl i mi – a theimlo'n saff, o'r diwedd. Lan y grisiau ac agor drws y fflat. Roedd 'na olau a lleisiau yn y gegin. A dyna lle'r oedden nhw; Owain Glyndŵr, Gwynfab – a Marged.

# – 2 –

AR ÔL INNI sgrechian a chofleidio a chwerthin a chusanu fel pobl ar un o'r rhaglenni sentimental 'na sy'n aduno perthnasau sydd heb weld ei gilydd ers blynyddoedd – ac wedi'r cyfan, dyna yn union beth oedden ni – ar ôl yr holl orfoledd, eisteddon ni gyferbyn â'n gilydd yn y gegin yn syllu y naill ar y llall yn fud ac yn gegrwth. Roedd dagrau yn llygaid Owain Glyndŵr, mi wn, a chredaf fod llygaid Gwynfab hyd yn oed yn wlyb hefyd.

"Didi!"

"Gogo!"

"Dyna'u henwau ar ei gilydd," meddai Owain Glyndŵr wrth Gwynfab.

"Eu ffiolau thydd lawn," meddai Gwynfab.

"Arhosais amdanat ti yn y lle Americanaidd yn yr arcêd," meddwn.

"A finnau," meddai Marged. Mor hyfryd oedd hi i glywed ei llais eto! "Ond yn McDonald's oeddwn i."

Chwarddon ni'n dau am ben ein camddealltwriaeth.

"Arhosais y tu allan i'r brif fynedfa i siop Evans drwy'r prynhawn," meddai Marged.

"Rhaid ein bod ni wedi colli'n gilydd," meddwn i, "waeth roedd Stryd y Frenhines yn ofnadwy o brysur."

"Stryd y Frenhines! Yn Stryd Sant Ioan o'n i'n sefyll," meddai hi a dyna ni'n ffrwydro chwerthin unwaith eto.

" 'Sdim ots nawr," meddai hi. " 'Dyn ni yma, wedi'n dal ein gilydd o'r diwedd."

Yna, adroddais y storïau am sut y bu i mi gwrdd â

theulu Ioan Richards a phawb yn meddwl fy mod i'n Ifan a finnau, bellach, wedi fy nghyflogi i ddarllen *Mein Kampf* i'r hen ŵr fesul tamaid. Roedd Marged yn synnu clywed am y bobl hyn achos doedd hi ddim wedi cwrdd â nhw, er ei bod yn byw yn y fflat uwch eu pennau. Cyd-ddigwyddiad arall oedd bod Ann Griffiths yn byw yn yr un tŷ uwchben Marged. Do, fe welsai Ann Griffiths, heb sylweddoli'i bod hi'n gyn aelod seneddol.

"Arhoswch chi," meddai Marged gan gynnwys y ddau arall. "Os 'ych chi'n meddwl bod y storïau 'na yn rhyfedd, arhoswch chi nes i chi glywed fy hanes i, ond mae'n hwyr nawr – neu'n gynnar yn y bore, yn hytrach, a rhaid i mi fynd."

Archebodd dacsi dros y ffôn symudol yn ei bag llaw.

"Mae'n torri 'nghalon i'th adael di i fynd mor fuan," meddwn i. "Dim ond cwpwl o oriau o gwmni'n gilydd 'dyn ni wedi'u cael heno 'ma."

"Ond dw i'n flinedig," meddai Marged. "Cawn weld ein gilydd bob dydd o hyn ymlaen. Dyna'r tacsi," meddai gan fy nghusanu ar fy wyneb ac i lawr y grisiau â hi, allan i'r nos.

"Mae'n berson hyfryd," meddai O.G. "Dw i'n dwlu arni. Pryd ti'n mynd i'w gweld hi 'to?"

"Fory," meddwn i. "Ble mae Gwynfab?"

"Wedi mynd i'w wely."

"Beth wyt ti'n 'feddwl o'r cydletywr newydd?"

"Mae'n sbwci," meddai O.G.

"Nid dyna'r ansoddair y baswn i wedi'i ddefnyddio."

Yn fy ngwely y noson honno meddyliais am yr holl bethau a ddigwyddasai. Mor braf oedd hi i gael Marged yn ôl! Fyddwn i byth yn gadael iddi fynd allan o gylch fy mywyd eto.

# – 3 –

PAN GODAIS fore trannoeth, pwy oedd yn y gegin ond Gwynfab a Llysnafedd, o bawb, gyda'i ddau gi glafoeriog, Radica a Dwdica.

"Mr Cadwaladr, bore da," meddai Llysnafedd.

"Bore," meddwn i, yn rhy syn i gynhyrchu'r 'da'.

"Mae Mr Litht-Norbert 'di galw ar 'i ffor' i Radran i roid pàth i mi, 'thti," meddai Gwynfab. "Mae rhai ohonon ni'n goro' gweithio."

Roeddwn i'n ddigon hapus i'w gweld nhw'n mynd. Roedd hi'n rhy gynnar a rhy sydyn i ddod i delerau â realiti eto.

Yfais fy nghoffi yn y lolfa gan edrych ar yr afon a'r ddinas, a fesul tipyn cefais y teimlad eto o fod yn aelod sydd wedi talu'i danysgrifiad i glwb yr hil ddynol.

Cododd Owain Glyndŵr yn gynharach nag arfer. Pan ofynnais pam, atebodd,

"Ma' 'da fi lot o bethau i'w 'neud heddi."

"A finnau," meddwn i. "Mynd i'r coleg i weld Dr Powell a siopa wedyn. Dw i'n 'neud pryd o fwyd i ni'n tri yma heno – ti, fi a Marged. Dw i ddim yn mynd i wahodd Gwynfab. Beth wyt ti'n 'neud 'te?"

"Llifo 'ngwallt yn borffor," meddai a gapo.

Yn ddiweddarach wrth i mi gyrraedd y coleg, yn union fel 'tasen ni ddim yn nabod ein gilydd, yn union fel 'tasen ni ddim yn byw yn yr un rhandy nac ar yr un blaned, gofynnodd Gwynfab,

"Pam ti eithio gweld Dr Powell 'to? Fuotht ti yma

ddoe, on'd do?"

"Do, ond mae 'da fi rywbeth i'w drafod. Mae syniad newydd 'da fi."

Doedd hynny ddim yn wir. Roedd gweld Dr Powell wedi mynd yn gysur i mi, yn therapi. Aeth Gwynfab at y ffôn. Ffôn, dyna'r ateb. Mor hawdd neithiwr y ffoniodd Marged am dacsi. 'Tasai ffôn 'da fi gallwn innau ffonio Marged unrhyw bryd ac wedyn byddwn i'n gwybod ei bod hi'n eistedd yn McDonald's yn lle'r caffe American-aidd go iawn, neu fy mod i gwrdd â hi yn Stryd Sant Ioan ac nid yn Stryd y Frenhines. Dim gwastraff amser; gallwn i ffonio Dr Powell heb orfod mynd trwy Gwynfab, gallwn i ffonio Ann Griffiths neu Wncwl Ioan Richards mewn chwinciad hefyd.

"Sut wyt ti, Sam? Dere mewn. Wna i ddim sôn am y tywydd heddiw. Be alla i 'neud?"

"Dw i wedi bod yn meddwl – 'sdim rhaid i mi gyfyngu f'ymchwil i'r 'Ferch ar y Cei yn Rio', nac oes? Pwy oedd y person o Porloch, Cymro efallai? A phwy oedd y fenyw dew na charai neb a gerddai drwy'r caeau yn ei menig, Cymraes? Mae 'na gymeriadau eraill yn llenyddiaeth Gymraeg yr ugeinfed ganrif y liciwn i ffeindio pwy oedd y bobl a fu'n sail iddyn nhw. Gwladys Rhys, er enghraifft – pwy oedd hi? Monica, dw i'n siŵr bod Saunders Lewis wedi seilio'r cymeriad ar berson go iawn. Sgweier Hafila – oni ddarllenodd T.Hughes Jones am y peth mewn papur newydd?"

"Dw i wrth fy modd 'da'r syniad 'na, Sam. Ie, ehanga d'ymchwil. Mae 'na ddigon o ddeunydd on'd oes, digon o bosibiliadau? Oes, mae 'na bosibiliadau di-ben-draw i bopeth, on'd oes? Dim ond nyni sy'n cyfyngu ar yr holl rychwant – os dyna'r gair hefyd, dw i ddim yn siŵr – wedi'r cyfan on'd yw'r gair 'rhychwant' yn rhagdybio cyfyngiadau amser yn unig – dw i ddim yn siŵr. Ta beth, dim ond nyni sy'n cyfyngu ar yr holl rychwant o bosibiliadau sydd ar gael yn ein bywydau ni. Cymer, er enghraifft, yr iaith, fy mhwnc i, ein pwnc ni. On'd 'yn ni'n ei lladd hi wrth fod yn geidwadol? Fy hunan dw i'n croesawu'r tafodieithoedd newydd yn y ddinas 'ma – tafodieithoedd mae'r ceidwadwyr yn eu dirmygu a'u dibrisio fel 'bratiaith'. Ond yn ddiweddar dw i wedi bod yn teimlo'n besimistaidd, nid yn unig ynglŷn â'r iaith ond ynglŷn â phopeth, ynglŷn â dyfodol yr hil ddynol a'r ddaear ei hunan. Rydyn ni'n difetha'r fforestydd glaw, mae'r capiau rhew yn toddi, mae 'na ryfeloedd rhyngwladol ar y gorwel. Beth am ein plant ni? Chris a finnau'n magu'r genhedlaeth nesa fel llawer o bobl eraill, wrth gwrs, biliynau o bobl yn magu'r genhedlaeth nesa, i beth? I ddistryw – ai dyna be' 'dyn ni'n mynd i draddodi i ddinasyddion y dyfodol? Ond dw i'n dechrau malu awyr nawr ac yn dy ddigalonni di, dw i'n gallu gweld 'ny, Sam. Gad inni fod yn bositif, ontefe? Daw popeth yn iawn yn y diwedd. Ie, caria 'mlaen 'da'r cynllun 'na, Sam, mae'n swnio'n wych. Dw i'n edrych ymlaen at gael darllen y bennod gyntaf."

Roedd Dr Powell yn flinedig a diamynedd y bore hwnnw.

Cerddais i'r ddinas wedyn. Porais yn y siopau ffrwythau a llysiau a'r stondinau yn y farchnad gan deimlo winwns rhwng bys a bawd a gwasgu ciwcymbrau ac arogleuo persli a mintys ac anwesu *aubergines* – ond yn y diwedd doeddwn i ddim callach. Yna ystyriais y pysgod yn gorwedd ar fyrddau marmor gwyn, yn wlyb a dyfrllyd, yn sawru o afonydd a heli. Edrychais ar fecryll â'u crwyn enfys, corgimychiaid pinc, crancod a chimychiaid coch a chrafanglyd, lleden a phenwaig, cocos a chregyn gleision, llyswennod wedi'u troi'n jeli a chwitbat. Ond allwn i ddim dewis dim. Roedd hi'n rhy anodd. Wyddwn i ddim sut i goginio dim un o'r pethau 'na, ta beth. Yna, cefais fflach o ysbrydoliaeth – un o'r profiadau 'na sydd yn taro rhywun unwaith yn y pedwar amser. Beth am gael têc-awê? Bwyd twym, parod i'w gymryd i ffwrdd o rywle Dwyreiniol (Indiaidd, Tsieinïaidd, Thai) neu Eidalaidd. Digon hawdd. A buasai Marged yn deall yn iawn; gwyddai nad oeddwn i'n fawr o gogydd. Buasai'n sbort; trafod lle i fynd a beth i'w gael.

Dyna beth roeddwn i'n licio am fywyd y ddinas; roedd 'na ateb i bob problem a chymaint o ddewis; nid dim ond un lle *pizza* ond sawl un a sawl lle cyri ac yn y blaen.

Gyda'r broblem honno wedi'i datrys penderfynais yr awn i lyfrgell newydd y ddinas er mwyn gwneud tipyn o waith ymchwil, gan nad oedd dim byd gwell 'da fi i'w wneud tan y noson honno.

Pan sgrifennodd T.H.Parry-Williams y gerdd 'Y Ferch ar y Cei yn Rio' teithio roedd e gyda chwmni'r Royal Mail Steam Packet. Dyna drywydd y gallwn ei ddilyn. Oedd 'na archif yn bodoli yn rhywle? Rhaid bod. A beth am lyfrau ar Rio de Janeiro? Llyfrau ar hanes y lle, atgofion, llythyron gan lenorion a fu'n ymweld â'r lle, llenorion brodorol, llyfrau taith yn perthyn i'r un cyfnod ag ymweliad y Cymro, 1925. Rhaid bod rhywun arall wedi'i gweld hi. Efallai fod 'na lun ohoni, ffoto yn llwydo mewn hen albwm.

Newydd ddechrau gwneud ymholiad catalog ar y cyfrifiadur ar y testun Rio de Janeiro roeddwn i pan deimlais bresenoldeb wrth fy mhenelin – yn wir gallwn wynto ei anadl heb droi fy mhen.

"Sut yr ydych chwi heddiw, Mr Cadwaladr?" gofynnodd Llysnafedd. "Mynd at eich gwaith ymchwil fel lladd llygod rwy'n gweld." Roedd e'n dal i arbrofi gyda phriod-ddulliau. "Y mae cyfarfod â chwi yma yn annisgwyliedig yn y llyfrgell yn f'atgoffa o'r diwrnodau pan oeddwn ddysgwr a phan oeddech athro ac am eich dosbarthiadau nos a finnau'n ymgodymu gyda'r iaith."

Pwysleisio roedd e fy methiant i, ei lwyddiant ef, a rhwbio halen i'r briw drwy danlinellu unwaith eto y cyfnewid rholau ac fel y bu i'r rhod droi o'i blaid ef, ac yn f'erbyn i.

"Dyddiau hapus," meddwn i.

"Dyddiau dedwydd iawn, 'gwirioneddol ỳr', ys dywed y Gog."

"Sut mae Radica a Dwdica?"

"Yr wyf wedi byrfodda eu henwau nawr i Rad a Dwd. Radica wedi mynd yn Rad a Dwdica wedi mynd yn Dwd. Haws o lawer i'w gweiddi yn y parc yw Rad! Rad! a Dwd! Dwd! Yn lle Radica! Radica! neu Dwdica! Dwdica! Gormod o llond wyneb i'w ddweud. Maen nhw wedi cael llyngyr yn ddiweddar. Yr oeddwn yn gallu gweld y llyngyr yn eu cach nhw!"

Gormod o wybodaeth i'm chwaeth i. Eisteddai Llysnafedd wrth f'ochr fel petai'n barod i aros am weddill y prynhawn a'm hunig ddymuniad i oedd ei weld e'n mynd i ffwrdd. Wyddwn i ddim beth i'w ddweud wrtho; aethai ffynnon ein sgwrs yn hesb. Sylwodd Llysnafedd ar hynny.

"Dyna un o'r pethau yr wyf yn ei edmygu amdanoch chwi, Mr Cadwaladr," meddai, ac mor falch yr oeddwn ei fod wedi torri'r garw a llenwi'r distawrwydd annifyr. "Nid oes gynnoch chwi unrhyw fân siarad."

"Diolch," meddwn i, cyn adfer yr hen dawelwch 'na eto. Wrth gwrs, roedd digon o bethau bach gwirion, diarwyddocâd ac ystrydebol gyda fi i'w dweud fel arfer, ond nid i'w rhannu gyda Llysnafedd, am ryw reswm.

"Rhaid ichi f'esgusodi," meddwn i – yr unig ffordd i

ymwared – "ond rhaid imi fynd."

"Wel, da boc a dibiced," meddai Llysnafedd.

Afraid dweud, roedd e'n gallu gweld trwy f'ystryw oherwydd gadewais y cyfrifiadur gyda f'ymholiad ar ei hanner, y cwestiwn yn arnofio mewn llythrennau gwyrdd ar y sgrin. Ond wnes i ddim troi'n ôl i edrych arno a chipiais y lifft cyntaf i'r llawr isaf ac allan â mi i'r stryd i blith llifeiriant y dorf amhersonol. Mor braf yw hi, mor gyffrous cael eich amgylchynu gan haid o ddieithriaid mewn dinas – yna rydych chi'n rhan o'i gwaed hi, mae fel bod mewn calon a'r bywyd yn curo ynddi.

Es i o siop i siop fel gwenynen o flodyn i flodyn yn breuddwydio am y dydd y cawn brynu'r siwt 'na, y gadair 'na, y llyfrau hyn, y teledu lliw, y gwely, yr oriawr 'ma, y lluniau a'r sgidiau. Wrth feddwl am y sgidiau cofiais am fy nhraed blinedig ac anelais am adref. Peth teg i'w wneud.

"Bydd rhaid imi'i wahodd e," meddwn i wrth Owain Glyndŵr.

"Sa i'n lico fe," meddai.

Aros am Marged roedden ni ac yn trafod beth i'w wneud ynghylch Gwynfab.

" 'Dyn ni ddim yn gallu cael bwyd a hwyl yn griw yn y gegin 'ma a'i gau e allan."

"Pam lai?" gofynnodd O.G.

"Mae'n anghymdeithasol. Anghyfeillgar."

" 'Smo fe wedi bod yn rhyw gymdeithasol iawn ers iddo fod 'ma, nac yw e? Mae fel *bear with a sore head* y rhan fwyaf o'r amser."

Ar hynny ymddangosodd Gwynfab ei hun yn nrws y gegin. Doeddwn i ddim wedi'i glywed ar y landin, chlywais i mo'i ddrws na drws y fflat na drws y stafell 'molchi chwaith. A fu'n sefyll y tu allan yn gwrando arnon ni? Ni ddywedodd yr un gair ac aeth Owain Glyndŵr a minnau'n fud gan fradychu'r ffaith i ni fod yn siarad amdano.

"Mae'n chwaer i'n dod 'ma heno," meddwn i, o'r diwedd. " 'Dyn ni'n mynd i gael potel o win a phryd o fwyd a dod 'nôl 'ma i fyta."

"Neith iawn," meddai Gwynfab. "Ond gobeithio wnewch chi ddim cadw thŵn. Mae rhai pobl yn goro gweithio fory."

Doedd hynny ddim yn wir gan mai nos Wener oedd hi. Doedd hyd yn oed Gwynfab ddim yn gweithio ddydd Sadwrn a chochodd o dan ei wynepryd glas, wedi'i faglu'i hun mewn anwiredd. Ond chymerais i ddim sylw.

"Hoffet ti ymuno gyda ni heno, Gwynfab?"

Toddodd ei dalcen a'i fochgernau metalaidd am eiliad – a oedd llaw cyfeillgarwch wedi cyffwrdd â'i galon? – ond caledodd eto.

"Diolch yn fawr," meddai'n rhewllyd. "Ond dw i'n cwarfod Mithter Litht-Norbert heno a 'dan ni'n mynd allan am bryd o fwyd."

Troes ar ei sawdl a chlywsom ddrws ei stafell yn cau'n glep.

"Stiwpid," meddai O.G. "Doedd e ddim wedi trefnu mynd mas heno 'ma o gwbl. Bydd e'n mynd i ffonio List-Norbert nesa, watsia."

Ac yna clywsom ddrws Gwynfab yn agor a sŵn traed yn mynd i lawr y grisiau a'r drws yn cael ei gau gyda chlec a siglodd y tŷ.

"Beth yffach sy'n bod 'dag e, sa i'n deall," meddai Owain Glyndŵr. "Mae fel 'set ti wedi gofyn iddo olchi dy ddillad isaf."

"Sa i'n deall e chwaith," meddwn i. "Ond dw i'n credu taw rhyw ddiffyg hyder yw e yn y bôn. Swildod."

"Swildod! Liciwn i ddim ei weld e 'da mwy o hyder. Basa fe'n rhinoseros!"

Yna cyrhaeddodd Marged – yn brydlon am unwaith – a photel o win coch wedi'i lapio mewn papur llwyd.

"Dw i'n licio lliw dy wallt di heno, O.G., mae'n mynd gyda 'nghôt i."

"Chi'n gwbod," meddai Owain Glyndŵr. "Er dy fod ti'n fenyw, a ti'n ddyn, chi'n hynod o debyg i'ch gilydd."

" 'Sdim rhyfedd," meddwn i. "Efeilliaid 'yn ni."

"Ond, gallech chi'n hawdd gyfnewid lle â'ch gilydd – dim ond newid dillad, gwallt – fasa neb yn gwbod."

"Mae sawl dewis 'da ni," meddwn i wrth Marged ar ôl

esbonio'n bod ni'n bwriadu mynd i brynu bwyd. "Bwyd Tsieinïaidd naill ai o'r Happy Garden neu'r Lucky Tree; cyri, mae 'na ddau neu dri lle heb fod yn bell o'r stryd 'ma; Pizza Hut, Pizza Palace, Pizza Pizza neu Enrico's neu Kentucky Fried Chicken."

"Ga i 'weud be faswn i'n licio?" meddai Marged. "Sglod a Sgod wedi'u lapio mewn papur newydd ac yn nofio mewn finegr, 'da bara menyn, ar y ford."

"Tships?" meddai Owain Glyndŵr, braidd yn araf ei ymateb weithiau.

"Syniad gwych," meddwn i. "Beth am i ni gyd fynd i Freddy's rownd y gornel?"

Felly y bu. Cerddodd Marged rhyngof i ac O.G. a'i dwylo drwy'n breichiau.

"Efallai 'mod i'n hiliol neu'n senophôb ond dw i ddim yn trystio'r llefydd estron 'ma bob tro. Ti'n cofio'r lle Indiaidd 'na yn y dre lle cawson ni'n magu, Gogo? 'Anwar' oedd enw'r lle! Wnaeth y Cymry ddim gweud dim – ond meddyliwch chi be fasa'r ymateb 'tasan nhw wedi rhoi enw fel 'Savage' ar y lle – byddai'r Season wedi gwneud digon o hwyl. Dw i ddim yn hiliol go-iawn, gobeithio, ond mae gen i amheuon. Glywsoch chi am y bobl 'na 'naeth brynu cyw iâr wedi ffrio yn un o'r llefydd Americanaidd 'ma ac o'n nhw'n byta yn y car pan wedodd y fenyw 'Ych-a-fi, mae blas od ar y cyw iâr 'ma'. Cyneuodd y gŵr y golau yn y car i gael golwg ar y cig a gwelodd fod ei wraig yn byta llygoden fawr wedi'i ffrio mewn cytew."

"Ych-a-fi, baswn i wedi mynd yn hollol harpic," meddai Owain Glyndŵr. "Be ddigwyddodd iddi?"

"Wel, cafodd hi'r fath sioc bu'n rhaid brysio â hi i'r ysbyty. Cynigiodd y cwmni filoedd ar filoedd o bunnoedd iddyn nhw gadw'n dawel, ond eu gwrthod wnaeth y gŵr. Bu'r fenyw mewn cyflwr difrifol am bythefnos. Ond allai awdurdodau'r ysbyty ddim datgelu'r manylion a gorchmynnwyd i'r nyrsys beidio â gweud gair. Yna daeth cynnig arall oddi wrth y cwmni. Dwywaith cymaint â'r cyntaf. Ond gwrthodwyd hwnnw hefyd. Bu farw'r fenyw yn ddiweddarach a mwy na thebyg y bydd yr achos yn mynd i'r llys cyn hir."

Ond wnaeth stori annymunol Marged ddim ein rhwystro ni rhag prynu pecynnau mawr o sglodion, eu boddi mewn finegr, a thri physgodyn mawr wedi'u ffrio mewn cytew a chaniau o 7Up. (Fe gawn ni'r gwin rywbryd arall.)

"Mae mor braf bod 'nôl," meddai Marged, a phan ddywedodd hynny dyma fi'n dechrau meddwl ble'r oedd hi wedi bod.

"Cei di ac Owain Glyndŵr yr hanes i gyd ar ôl y bwyd 'ma," meddai hi, wedi darllen fy meddwl.

Pwy oedd yn dod i lawr y grisiau wrth inni gyrraedd y fflat ond Gwynfab a Llysnafedd.

"O, dyma nhw, yli," meddai Gwynfab yn ensyniadol. "Y cyfeddachwyr. Ond 'dan ni'n mynd allan o'r rhialtwch 'ma i gael pryd tawal, 'tydan ni, Thyril?"

Ond chafodd Llysnafedd ddim cyfle i ateb, fe'i llusgwyd i ffwrdd gerfydd ei fraich. Gwaeddodd Marged i lawr y stryd ar eu holau,

"Peidiwch â mynd am gyw iâr wedi ffrio!"

Aethon ni lan i'r fflat ac i'r gegin dan chwerthin fel plant. Yn wir roedd rhywbeth plentynnaidd ynglŷn â'r noson. Bwyton ni'r sglodion a'r pysgod seimllyd gyda'n bysedd o'r papur – eu sgloffio nhw, yn wir, gyda bara menyn a phop.

"Ew, mae 'na stori dda man 'yn," meddai Owain Glyndŵr gan ddarllen tudalen o'r papur a fu am y sglodion a'r pysgod. " 'Vicar resigns after sex change. A middle-aged vicar has resigned from his parish in the diocese of Blackburn, Lancashire, after an operation to turn him into a woman. The Church of England will not name the vicar, who was unmarried'."

"Mae un da 'da fi hefyd," meddwn. " 'Passengers flee as orang-utang catches the bus'."

"Beth am hwn?" meddai Marged. " 'Pandamonium: unusually loud roars from pandas during their mating season are raising hopes that this year will bring a boom in panda births in north-west China, experts say'."

"Roedd y tships 'na yn grêt," meddai Owain Glyndŵr.

# – 5 –

## Stori Marged

EISTEDDAI MARGED wrth y ford, a'i phenelinoedd yn pwyso arni. Roedd hi'n smygu sigarét a roesai Owain Glyndŵr iddi er ei bod wedi rhoi'r gorau i smygu. Edrychai fel un o'r menywod yn ffilmiau Almodovar; tenau, esgyrnog, onglog, yn debycach i ddyn wedi gwisgo fel menyw. Gormod o golur. Gormod o liw. O'i chwmpas roedd 'na botel o saws coch, pecyn o Fruit 'n Fibre, bocs o laeth (a'i dop wedi'i rwygo'n anghelfydd), potel o finegr a phapurau sglodion tatws a chan o 7Up. Teimlwn fawr gywilydd o'r annibendod achos ar un adeg buasai Marged wedi dweud y drefn wrtho i am adael i'r lle fynd rhwng y cŵn a'r brain fel 'na – yn wir, go brin y buasai'r hen Farged wedi goddef ymweld â'r fath gwt mochyn o le. Cymerodd ddracht o 7Up.

"Er mwyn i mi ddweud yr hanes i gyd," meddai Marged, "rhaid i mi fynd 'nôl at y diwrnod hwnnw pan o'n i'n gweithio i'r awdures Ann Gruffydd-Jones ac ar yr un pryd yn 'neud gwaith ymchwil ar gyfer fy llyfr ar hedbethau annabyddedig, UFOs i chi gael gwbod. O'n i wedi cael brecwast ac o'n i'n mynd i dŷ Ann ac yn teimlo'n flin achos taw gwastraff amser oedd y gwaith, wath doedd hi ddim yn gallu sgrifennu ac o'n i i fod i wrando arni yn arddweud ei storïau. A doedd dim storïau yn dod. Ond, roedd hi'n talu, storïau neu beidio, felly o'n i'n gorfod bod yno. Ac o'n i'n gyrru ar hyd y lôn yn fy hen gar bach a'm meddwl yn crwydro pan, ychydig cyn i mi gyrraedd y tŷ, mewn cae ar ochr yr heol 'ma, gwelais i'r peiriant anferth 'ma."

"Pa fath o beiriant?" gofynnodd O.G.

"Lliw arian sgleiniog, hirgrwn, diamedr o ryw gan troedfedd a hanner, uchder o ryw ugain troedfedd. Deuai sŵn trydanol isel ohono a deuai golau o resi o ffenestri bach crwn o gwmpas ymyl y disg – oren a melyn oedd y goleuadau 'ma ac roedden nhw'n fflachio drwy'r amser. Credwch neu beidio, ar ôl dyheu ar hyd f'oes am weld rhywbeth fel hyn, roeddwn i'n araf iawn yn sylweddoli beth oedd e. Meddwl o'n i ar y dechrau taw rhyw fath o awyren newydd yn perthyn i'r fyddin oedd hi, wath roedd y llu awyr yn arfer hedfan yn isel dros yr ardal yn aml. Ond yna, stopiais y car a sylweddoli, o'r diwedd, fy mod i'n edrych ar gerbyd o blaned arall. O ddimensiwn arall, efallai. Neidiais mas o'r car a dechrau cerdded tuag ato fe."

"O'dd 'da ti ddim ofon?" gofynnais i.

"Ofon! O'n i wedi dychryn am 'y mywyd. Ond o'n i'n meddwl, 'Marged, dyma dy gyfle. Ti wedi bod yn ysu am brofiad fel hwn ers pan o't ti'n ddim o beth – bydd yn wrol 'nawr, paid â llithro.' Felly, dyma fi'n cerdded yn fy mlaen tuag ato gan geisio nodi popeth er mwyn ei gofio'n glir – yn 'y melltithio'n hunan am adael y camera yn y car ond yn ofni troi 'nghefn arno am eiliad rhag ofn iddo ddiflannu. O'n i'n dod mor agos ato erbyn hyn nes o'n i'n gallu teimlo'r gwres yn codi ohono."

"Be' ddigwyddodd?" gofynnodd Owain Glyndŵr.

"Agorodd drws hirsgwar yn yr ochr ac yn sefyll yno roedd y ddau ffigwr 'ma. Dynion bach, tua phedair troedfedd, 'da phennau mawr siâp wyau, croen llwyd, llygaid mawr hirgul, hirgrwn, tywyll ar ochr eu pennau. Dim trwynau, cegau bach, clustiau anweladwy bron. O'n nhw'n gwisgo dillad unffurf, lliw arian."

"Swnio braidd yn ystrydebol i mi," meddwn i gan na allwn fygu f'anghrediniaeth.

"Aros di," meddai Marged ac aeth yn ei blaen â chyffro yn ei llais.

Cododd yr un a safai ar y dde ei law dde – llaw fawr â bysedd rhyfeddol o hir ar gorff bychan. A deallais hyn fel arwydd o gyfeillgarwch heddychlon. Ro'n i'n crynu fel deilen gan ofon o hyd. Serch hynny symudais gam arall yn fy mlaen yn nes at y llong. Yna – wnewch chi ddim credu hyn – dywedodd yr un a gododd ei law,

'Paci-ti-pawcw-pawcw-icitipac.'

Yna, troes y llall ato a dweud,

'Hipica-paw-paca-epaw.'

Ac yna pwysodd yr un cyntaf fotwm ar ei wregys, a gweud,

'Ddrwg gin i am hynna. 'Di anghofio switsio'r teclyn cyfieithu ymlaen, 'sti.'

O'n i'n methu credu 'nghlustiau ac yna aeth yn ei flaen,

'Ffrindia 'dan ni, 'di bod yn d'wylio di. Tyd 'laen ac mi gei di ddŵad efo mi i gael golwg y tu mewn.'

Wel, o'n i'n ffaelu sefyll yno a gwrthod, o'n i? Felly, dyma fi'n dringo lan yr ysgol fetel ac i mewn â mi drwy'r drws ar ôl y dynion bach. A dyna lle'r o'n i wedyn, yn sefyll yn y ddysgl hedegog. Caeodd y drws yn dawel y tu cefn i mi. Ond roedd f'ofnau erbyn hyn wedi cilio i gyd. Roedd hi fel neuadd anferth y tu mewn, mwy o faint nag o'n i'n disgwyl o'r tu allan, yn union fel Tardis Dr Who. Ac roedd popeth yn wyn a llyfn a sgleiniog a glân, fel stafell yn *World of Interiors* neu *Elle Decoration*.

Safai'r dynion bach mewn hanner cylch o'm cwmpas, tuag ugain ohonyn nhw. Allwn i ddim gwahaniaethu rhyngddyn nhw, o'n nhw i gyd yr un ffunud â'i gilydd.

'Croeso Miargiad Ciadwalad,' meddai un ohonyn nhw a safai yn y canol – am a wyddwn i hwn oedd yr un a siaradodd â mi y tu allan.

'Chi'n gwbod f'enw,' meddwn i.

'Yndan,' meddai sawl un ohonyn nhw gyda'i gilydd. ' 'Dan ni 'di bod yn sbio arnach chdi ers blynydda. Lle 'ti 'di bod, d'wad? 'Dan ni 'di bod 'naros amdanat ti.'

'Yn disgwyl amdana i?'

'Siŵr iawn. Chdi 'di un o'n harbrofion ni.'

'Mi gest di dy gipio gynnon ni pan oeddat ti'n ddim o beth,' meddai aliwn arall.

'A slasiwyd teclyn yn dy ben di fel ein bod ni'n medru dy fonitro chdi.'

'Buon ni'n sbio arnat ti, ar bob un o dy symudiadau chdi ar hyd d'oes drwy'r teclyn bach 'na yn dy drwyn di,' medden nhw fel côr cydadrodd ar lwyfan yr Urdd.

'Iefe dyna be sy'n esbonio 'niddordeb i mewn Iw-eff-ôs?' gofynnais.

Edrychon nhw ar ei gilydd yn ddiddeall. Gwnaeth y bobl fach sŵn yn eu gyddfau, ac yn gam neu'n gymwys, deallais y sŵn hwnnw fel rhywbeth cyfystyr i chwerthin.

'Digri 'di hynna,' meddai un ohonyn nhw.

'Ti'n dallt, i ni 'tydan ni ddim yn Iw-eff-ôs, nac 'dan? Ond, 'dan ni'n dallt yn iawn be sy gin ti.'

'Ac mae o'n wir,' meddai un arall, 'mai dyna'r rheswm dros dy ddiddordab mewn Iw-eff-ôs, chadl chditha.'

A daeth y sŵn rhyfedd 'na o'u gyddfau eto.

'Be gawn ni 'neud rŵan?' gofynnodd un o'r dynion bach – er 'mod i'n gweud 'dynion', doedd dim modd bod yn siŵr pa ryw oedden nhw; am a wyddwn ni, menywod oedden nhw i gyd.

'Onw,' meddai'r un yn y canol wrth yr un a safai ar ei ddeheulaw, 'well i chdi fynd â Miargiad rownd y llong 'ma tra'n bod ni'n mynd i'r cae sgwâr i gysgu.'

'O'r gorau, Uhw.'

Ar hynny diflannodd y lleill drwy ddrws hirgrwn a ymddangosodd yn y wal.

'Tyd hefo fi, Miargiad,' meddai'r un a benodwyd yn dywysydd imi, 'tyd i chdi gael golwg ar y sleifar o 'iw-eff-ô' 'ma.'

A gwnaeth y sŵn yn ei lwnc ar y gair 'na eto.

Roedden ni'n cerdded ar hyd mynedfa hir, fel twnnel, a'r waliau yn ddisgleirwyn, y fi'n dilyn y boi bach, ac roeddwn i wedi anghofio popeth am f'ofnau ac amser ac am ryfeddod y sefyllfa; yn wir teimlwn yn hynod o gartrefol.

'O ble chi'n dod?' gofynnais i'r tywysydd.

' 'Dan ni'n dŵad o'r blanad Pisda. Pisdäon ydan ni.'

Agorodd ddrws hirgrwn o'n blaenau ac aethon ni i mewn i stafell anferth arall, llawn pethau gwyrdd.

'Rŵan 'ta,' meddai Onw, wel, dyna beth oedd y llall wedi'i alw e, 'dyma'r rar.'

'Beth?'

'Rar.'

'Mae'n flin 'da fi,' meddwn i, ' 'fallai nad yw'r teclyn cyfieithu 'na'n gweithio 'to. Dw i ddim yn deall y gair 'na.'

'Wel, gad i mi drio egluro i chdi. Ti'n gweld, ar ein planad ni, dan ni'n neilltuo llefydd lle 'dan ni'n tyfu petha – planhigion, ffrwytha, llysia – a 'dan ni'n galw'r llefydd yn erddi. A dyma'n gar' ni.'

'O, "gardd". Dw i'n deall nawr.'

Edrychais o'm cwmpas a gwelais fod y planhigion hyn yn bethau od iawn – roedd gan rai ohonyn nhw lygaid a chegau ac wynebau a breichiau a bysedd.

'Yli!' gwaeddodd Onw. 'Paid â'u cyffwr nhw – maen nhw'n cnoi 'sti. Dyro dy ddwylo yn dy bocedi cofn iddyn nhw ymosod arnach chdi.'

'Ond, pam 'ych chi'n cadw pethau fel hyn os ydyn nhw mor beryglus.'

'Mae brêns efo nhw, t'wel. Yli, well i ni'i heglu hi o'ma, cyn iddyn nhw ddechrau strancio.'

Aethon ni allan trwy ddrws hirgrwn arall ar hyd mynedfa hir eto, trwy ddrws arall i mewn i stafell fach gron. Ar y llawr, yn y canol, gorweddai peth blewog du a gwyn, chwechochrog. Dyna'r unig beth yn y stafell.

'Dos 'laen i'w fwytho fo,' meddai Onw.

Plygais i gyffwrdd â'r peth bach ond rhedodd – os dyna'r gair – i ffwrdd ac aeth lan yr ochrau a thros y nenfwd, wyneb i waered, ar gyflymdra rhyfeddol gan wneud sŵn uchel pip-pip-pâp pip-pip-pâp! Chwyrlïodd rownd a rownd y stafell fel 'na ugeiniau o weithiau mewn mater o funud neu ddwy, nes bod fy mhen yn troi. Yna agorodd drws bach crwn yng ngwaelod y stafell ac aeth y peth du a gwyn drwyddo i rywle arall, ac ar ei ôl caewyd y drws yn glep.

' 'Di o'm 'n gall, sti,' meddai Onw.

'Beth oedd e?' gofynnais i.

' 'Nifail anwes ni 'di o. Sbalwci 'di enw fo. Wrth gwrs, robot 'di o go iawn. Ond 'di o'm callach, 'sti.'

Erbyn hyn roeddwn i'n teimlo'n flinedig ac roedd chwant bwyd arna i.

'Tisio buta?' gofynnodd Onw, wedi darllen fy meddwl, afraid dweud. 'Gad i mi ddangos un peth bach arall i chdi ac wedyn awn ni i gael rhwbath i futa i chdi.'

Dilynais y dyn bach drwy ddrws arall ac ar hyd mynedfa hir a thrwy ddrws arall eto i mewn i stafell a'i llond hi o oleuadau bach a botymau a sgriniau a chreaduriaid chwe throedfedd gwyrdd a seimllyd (chwech ohonyn nhw) fel petaen nhw'n trafod y peiriannau hyn.

'Dyma frêns y llong,' meddai Onw, ond gwnaeth y sŵn chwerthin yn ei lwnc. 'Dim y creaduriaid ych-a-fi 'ma. 'Sdim brêns 'da rhain o gwbl. Y Swnthw 'di rhain, 'sti. 'Yn caethweision ni o'r blanad Swnth. Tydan nhw ddim yn dallt fawr ddim. Ond 'dan ni'n 'u trenio nhw i fyny ac maen nhw'n medru gyrru'r llong 'ma a gneud petha syml fel 'na. Ond petha gwirion, diniwad ydan nhw.'

Yna, fe ddigwyddais edrych allan drwy un o'r ffenestri a gweld beth o'n i'n meddwl ar y dechrau oedd map o'r byd sef glôb bach. Aeth ias drwy fy nghorff wrth imi sylweddoli ein bod yn bell i fyny yn y gofod uwchben y ddaear.

'Y ddaear!'

'Paid sgrechian fel 'na. Ti'n dychryn y Swnthw.'

'Ond 'dyn ni'n hedfan uwchben y ddaear. Beth am fy nghar? 'Y ngwaith?'

'O hitia befo,' meddai Onw. ' 'Dan ni 'di gadael y byd 'na ers tro. Symud 'laen 'dan ni rŵan i rwla arall, 'sti.'

'Ond dw i'n mo'yn mynd 'nôl!'

'Ia, ia. Cei di fynd yn d'ôl, 'sti, ond dim rŵan, Miargiad fach. Tyd i gael llymaid a thamaid i futa.'

Peth nesa roeddwn i'n eistedd mewn stafell fawr gron o gwmpas bord fawr gron gyda'r Pisdäon eraill o'i chwmpas a rhai o'r Swnthw yn gweini arnom ac yn rhoi inni belenni ar blatiau bach gwyn.

' 'Stynna, Miargiad fach,' meddai Onw oedd yn eistedd ar fy ochr chwith. ' 'Stynna, neu chei dim ddim efo'r cnafon 'ma o'n cwmpas.'

Gwnaeth yr aliwns y sŵn 'na yn eu gyddfau eto.

'Ia, buta di lond dy fol, 'mechan i.'

Profais un o'r peli gwyrdd, waeth o'n i'n llwgu, ac er mawr syndod i mi roedd hi'n blasu fel trwffl siocled o Wlad Belg a theimlwn fy hunan yn cryfhau'n syth.

'Wel, beth w't ti'n 'feddwl o'n llong-ofod ni?' gofynnodd un o'r dyneddon.

Sut yn y byd o'n i'n mynd i wahaniaethu rhyngddyn nhw?

'Mae'n braf iawn ac yn ddiddorol.'

Y sŵn yna yn eu gyddfau eto. Ro'n i'n destun sbort

iddyn nhw.

'Gwrddest ti â Sbalwci?'

'Do,' meddwn i gan stwffio mwy o'r pethau gwyrdd hyfryd i'm ceg ac yfed y ddiod werdd a oedd yn blasu fel coco.

Chwarddodd y cwmni eto ar ben f'ateb i'r cwestiwn am Sbalwci ac ar ben f'awch am eu bwyd a llyn.

'Cael trafferth wyt ti i ddeud y gwahaniaeth rhyngom, 'nte?' meddai rhywun.

'Ie.'

'Hitia befo,' meddai llais arall, ' 'di o ddim otsh. 'Dan ni i gyd yn glôns o Racadgo 'ma, 'sti.'

'Racadgo?'

'Dwyt ti ddim 'di cwarfod o, eto.'

'Ond gan 'n bod ni i gyd yn glôns o'r un un, 'di o motsh os nad wyt ti'n medru dysgu'n henwa ni.'

'Beth bynnag,' meddai rhywun arall. 'Mae'n hen bryd i chdi gael prôb.'

'Prôb?' gofynnais i yn ddiddeall.

'Ia, dy brobio. Mae pawb yn cael eu probio mewn llong-ofod, 'tydan?' Y sŵn ofnadwy yn eu gyddfau eto. 'Ti'n ddigon cyfarwydd â'r storïau a'r ffilmiau, siŵr iawn.'

'Probio,' meddai un arall. 'D'archwilio'n feddygol.'

Y sŵn 'na 'to. Beth allwn i'i wneud? Sgrechian lan yn y gofod? Ta beth, yn sydyn iawn, teimlwn yn flinedig iawn.

Y peth nesaf roeddwn i'n gorwedd ar wastad fy nghefn yn ddiymadferth ac yn noethlymun mewn stafell wen, gron arall. Roedd hi fel byw y tu mewn i bolo mint.

Yna sylwais ar rywbeth yn dod i lawr o'r nenfwd. Rhywbeth oedd yn groes rhwng llygad enfawr mecanyddol a nodwydd chwistrellu hir anferth, fel dril deintydd angenfilaidd. Wrth i mi edrych arni aeth y nodwydd i mewn drwy bont fy nhrwyn, drwy'r asgwrn. Roedd y boen yn echrydus ond allwn i ddim symud na sgrechian na chrio. Gallwn deimlo'r nodwydd yn llosgi ac yn twrio yn fy mhen. Roedd hi'n arteithiol ac o'n i'n ofni na faswn i'n gallu goddef y boen, y baswn i'n marw yn y fan a'r lle; yn wir dymunwn farw i fod yn rhydd o'r ing. Yn sydyn tynnwyd y nodwydd o'm trwyn heb lai o boen – aeth y boen yn waeth a gweud y gwir gan 'mod i'n gallu teimlo 'nhrwyn yn chwyddo. Yna, symudodd y nodwydd-lygad i lawr 'y nghorff nes iddi ddod i aros uwchben 'y mol. Yn 'y mhen ro'n i'n gweiddi 'O na! Plis, na!' ond allwn i ddim cynhyrchu smic o sŵn na symud. Roedd hi'n ofnadwy, yn hunllef. Yna, daeth y nodwydd i lawr yn union uwchben 'y motwm bol – ac aeth y nodwydd i mewn, yn ddwfn i mewn i 'nghorff. Unwaith eto roedd y boen yn erchyll. Teimlwn fel petawn i'n mynd i gael fy hollti'n ddau hanner, a rhaid i mi gyfaddef fe weddïais am angau fel rhyddhad o'r teimladau annioddefol hyn. Ond arhosodd y nodwydd yn fy nghanol am yr hyn a deimlai i mi fel hydoedd ar hydoedd, heb ddim yn digwydd, heb ddim lleihad na lleddfu ar ofnadwyaeth y boen. Yn uffern roeddwn i. Yna, yn sydyn, cododd y nodwydd a chaewyd y llygaid y tu ôl i ddrysau yn y nenfwd. Roeddwn i'n dal i wingo nes iddi fynd yn nos arna i...

Deffroais yn yr un stafell, ar wastad 'y nghefn o hyd, ond wedi fy ngwisgo mewn siwt liw arian debyg i ddillad y bobl fach. A gallwn symud ac roedd y poenau i gyd wedi mynd. Wrth erchwyn y 'gwely' ar ford gron fechan roedd 'na fowlen o'r peli gwyrdd a gwydraid o'r hylif gwyrdd.

### Atodiad ix

Roeddwn i'n byta rhai ohonyn nhw ac yn eu mwynhau. Er fy mod i'n cofio'r nodwydd yn glir roedd y boen wedi cilio'n llwyr a doeddwn i ddim yn teimlo unrhyw ofn o gwbl. Roedd rhywbeth yn yr awyr fel petai'n fy suo ac yn fy nghysuro. Teimlais fy nhrwyn, doedd e ddim yn brifo o gwbl. Codais y crys arian. Doedd dim marc i'w weld yn fy motwm bol o gwbl nac unrhyw boen o'i gyffwrdd chwaith. Cymerais ddracht o'r hylif melys, blasus ac roeddwn i ar fin cymryd un arall o'r peli gwyrdd pan agorodd llygad ynddi – llygad yn gwmws fel llygad dynol, un glas hefyd. Yna agorodd llygad yn un o'r peli eraill – un glas eto. A chyda sbonc neidiodd y ddwy belen neu'r ddau lygad o'r fowlen a dechrau llamu o gwmpas y stafell. Roedd y golygon yn edrych arnaf drwy'r amser wrth sboncian. Ond am ryw reswm doedd dim ofn arnaf i a doeddwn i ddim yn synnu o gwbl o weld y pethau annisgwyl hyn. Yn wir, yn lle dychryn archwiliais y peli eraill i wneud yn siŵr nad oedd dim llygaid ynddyn nhw cyn bwyta ychwaneg ohonyn nhw.

Pan agorodd drws bach crwn yng ngwaelod y stafell (ni allwn weld lle'r oedd y drysau hyn cyn iddyn nhw agor) a daeth y peth bach du a gwyn 'na i mewn, chynhyrfais i ddim. Rhedodd neu rholiodd – pa un bynnag yw'r ffordd orau o'i ddisgrifio – ac ehedodd y creadur o gwmpas y stafell ar ôl y llygaid – lan y waliau, dros y nenfwd, dros fy nghorff a'u dal nhw yn y diwedd. O leiaf, allwn i ddim gweld y llygaid ar ôl iddo eu gorchuddio. Aeth Sbalwci i swatio'n dawel ar y llawr wedyn. Agorodd y twll yng ngwaelod y stafell ac aeth e i mewn iddo a chaewyd y twll/ddrws ar ei ôl.

Wel, dyma hwyl, meddyliwn i, mewn cerbyd rhyngblanedol o'r diwedd ac yn teimlo mor ddof a digyffro â selsigen.

Yna, newidiodd lliw'r stafell; aeth o fod yn llachar wyn i fod yn rhyw fath o binc; lliw croen dynol, a bod yn fanwl. Croen llyfn, meddal gyda lliw haul arno. Newidiodd y suo-sŵn yn yr awyr hefyd, er na allwn i 'weud yn union beth oedd y gwahaniaeth rhwng y sŵn newydd a'r un blaenorol. Ac wedyn fe deimlwn ryw iasau a gwefrau hyfryd drwy fy nghorff; goglais gwiwglaf. Teimlwn yn wirion o hapus ar y dechrau, ond trawsffurfiodd fy llawenydd yn ecstasi. Mae sôn am hyn yn 'neud i mi wrido. Ond roedd y profiad a gefais yn y stafell 'na wedyn yn un carwriaethol a serchus. Yna yn raddol newidiodd awyrgylch y stafell eto a'r sŵn yn yr awyr. Teimlwn yn fodlon, yn ddedwydd a thawel. A chysgais dro.

Pan ddihunais roedd y criw yn sefyll mewn hanner cylch o amgylch y gwely.

'Rŵan 'ta, Miargiad,' meddai'r un yn y canol. Ai Onw oedd hwnnw? 'Sut wyt ti'n teimlo, rŵan?'

'Dw i'n teimlo'n braf iawn,' meddwn.

' 'Dach chdi'n dallt, 'dan ni'n cael popath yn y stafelloedd 'ma; bwyd a llyn, ymarfer corff, cerddoriaeth, ysbrydoliaeth a rhyw.'

'Does arnon ni ddim angan 'ych hen ymbalfalu-ac-ymgodymu-yn-twllwch chwyslyd a chyntefig chi,' meddai un arall a gwnaeth pob un ohonyn nhw'r sŵn hwnnw a ddynodai hwyl.

' 'Nifeiliaid 'dach chi bobol y ddaear o hyd.'

'Wedi esblygu ymhellach na'r Swnthw.'

'Ond ddim mor bell â'r Sbalwci.'

'O'n i'n meddwl taw robot oedd y Sbalwci,' meddwn i – sylw a enynnodd y sŵn yn eu llwnc eto.

'Ti'n iawn 'sti. Dim ond robot 'di'n Sbalwci ni.'

'Ond mae o 'di cael ei fodelu ar rowndwal y Sbalwcis go iawn ar Bisda.'

'Ac mae robot llawn cystal â'r peth go iawn ei hun, 'sti.'

'Ti'm 'n dallt nac wyt, Miargiad?'

Roedd y sŵn 'na yn eu gyddfau yn dechrau mynd ar fy nerfau.

'Tyd, Miargiad,' medden nhw'n gôr cydadrodd eto. 'Mae'n bryd i chdi gael cwarfod Racadgo.'

Aethon ni i gyd ar hyd un o'r coridorau hirgul, hirgrwn, a'r dyneddon yn trotian fel plant wrth f'ochrau, wrth fy sodlau. Teimlwn fel Eira Wen Fach gyda'r corachod o gwmpas ei choesau a hithau'n gawres uwch eu pennau, ond roedd 'na fwy na saith ohonyn nhw yn f'achos i. Mor hawdd y gallwn i fod wedi'u gorchfygu nhw i gyd. Gallwn i fod wedi'u cicio nhw, eu taro nhw, plygu'u breichiau a gweiddi arnyn nhw ac wedyn y fi fuasai'n feistres arnyn nhw. Teimlwn fel athrawes yng nghanol criw o blant bach. Ond, y nhw oedd yn rheoli'r llong, a hwyrach fod arfau cudd ganddyn nhw. Ac er bod y Swnthw yn gewri chwech neu saith troedfedd, y pethau bach llwyd hyn oedd y meistri. Ac wedi gweud hyn i gyd doedd 'da fi ddim awydd eu trechu, ta beth. Hyd yn oed gyda'r cof am y nodwydd erchyll yn glir o hyd doedd arna i ddim ofn, dim awydd dianc chwaith (nid bod modd dianc o long sy'n hedfan filoedd o filltiroedd uwchben y ddaear).

Agorwyd drws yn y wal ac aethon ni i mewn i neuadd enfawr, gron, wen (mor hawdd oedd y stafelloedd hyn i'w disgrifio – dim patrymau, dim lluniau, dim celfi). Yn y canol yn dal Sbalwci yn ei freichiau ac yn rhoi mwythau iddo roedd un arall o'r dyneddon, yr un ffunud â'r lleill o ran ei wisg a'i wedd. Ond moesymgrymodd y dyneddon eraill gyda'i gilydd ac mewn un llais côr cydadrodd dywedasant,

'Hawddamor, hybarch Racadgo.'

'Croeso, frodyr. Mi fetia i mai Miargiad 'di'r hogan 'ma.'

Gwnaeth y dynion bach y sŵn 'na yn eu gyddfau eto

– a man a man i mi alw'r sŵn 'na yn 'chwerthin' o hyn ymlaen.

'Diar annwyl, mae'r hogan 'ma 'di prifio er pan ddoth hi aton ni'n hogan fach 'ntydi? Dwylo gwyn. Bychain, gwynion gin hi. Mae'n sbio arna i fatha 'sa hi'm yn cofio. Olreit 'ta, Miargiad, gobeithio gnei di aros efo ni am dipyn tro hwn. Ein llong-ofod ni 'di dy long-ofod chdi.'

Roedd hwn eto yn rhyw fath o jôc oherwydd fe enynnodd y sŵn chwerthin. Yn amlwg roedd gan yr hil hon synnwyr digrifwch hyfyw a hynod o soffistigedig na allwn ei ddeall. Wel, maen nhw'n dweud nad yw jôcs yn cyfieithu o un iaith i'r llall – pa mor anodd yw hi, felly, i ddeall hiwmor diwylliant sy'n dod o gytser arall?

'Cei di fynd adra, 'sti,' aeth Racadgo yn ei flaen ar ôl i'r lleill dawelu. 'Ond ddim eto. 'Dan ni angan chdi yma, 'sti, am y tro. Ac wedyn, mae gynnon ni negas fawr i chdi i'w chario'n ôl i'r ddaear, 'sti. Ond rhaid ichdi gael dy baratoi ar ei chyfar hi, achos mae'i chynnwys yn hollbwysig i ddyfodol yr hil ddynol a'r ddaear.'

Yna, dododd Sbalwci ar y llawr a rhedodd a rholiodd hwnnw rownd y stafell, wyneb i waered ar y nenfwd, fel peth gwyllt a chwarddodd y dyneddon ar ei gastiau. Dilynais ef gyda'm llygaid nes iddo godi pendro arna i ac felly, caeais fy llygaid am sbel. Yna, diflannodd, yn ôl ei arfer, drwy dwll a ymddangosodd yng ngwaelod y stafell a chau ar ei ôl. Roedd y dynion bach yn eu dau ddyblau.

' 'Di o'm yn gall, 'sti,' meddai un ohonyn nhw.

Ond pan edrychais i fyny roedden nhw wedi crynhoi'n un dorf yng nghanol y stafell gron ac ni allwn ddweud pa un oedd Racadgo. Dyna beth yw cydraddoldeb, meddyliwn i.

Ar y llong ofod doedd 'da fi ddim unrhyw amcan ynghylch amser. Doedd 'na ddim newid yn y golau i ddynodi rhaniadau rhwng dydd a nos. Byddai'r Pisdäon yn mynd i ffwrdd i rywle i gysgu yn aml iawn, ond fydden nhw ddim yn cysgu'n hir iawn, felly doedd eu seibiau cwsg nhw ddim yn adlewyrchu'n dyddiau ni. Doedd 'na ddim clociau hyd y gallwn i weld – a go brin y buaswn i wedi gallu deall eu clociau nhw, ta beth. Byddwn i'n edrych mas drwy'r ffenestri yn aml, wrth gwrs, ond doedd 'na ddim byd ond sêr a phlanedau yn crogi mewn tywyllwch. Allwn i ddim gweld y ddaear nawr. Serch hynny, doeddwn i ddim yn poeni am yr amser o gwbl; byddwn i'n cysgu pan deimlwn yn gysglyd, byddwn i'n bwyta'r pethau gwyrdd dihysbydd pan deimlwn chwant bwyd. Mewn geiriau eraill roeddwn i wrth fy modd yno. Roeddwn i'n rhydd i gerdded o gwmpas ac i siarad â'r Pisdäon a'r Swnthw ac i ymweld â'r blanhigfa. Sylweddolais hefyd fod fy stafell yn ymateb i'm hwyliau. Pan deimlwn yn drist, byddai awyrgylch a su'r stafell yn newid i godi 'nghalon, pan awchwn am lyfr neu gerddoriaeth byddai'r waliau a'r awyr yn porthi fy nychymyg. A gweud y gwir felly, roeddwn i'n hapus drwy'r amser.

Ond, deuai Swnth i'm stafell i bob hyn a hyn i wneud

yn siŵr bod 'da fi gyflenwad o'r hylif a'r peli gwyrdd.
Roedd pob un o'r Swnthw yn wahanol i'w gilydd.
Roedd hwn, er enghraifft, yn dalach a'i drwynau yn
fwy crwn na'r lleill. Creadur addfwyn oedd e a
rhywbeth trist o'i gwmpas. Ei rif oedd 33B a, bob yn
dipyn, des i'n ddigon hoff ohono. Bydden ni'n cael
clonc bach 'da'n gilydd pan ddeuai i'm stafell.

' 'Sdim lliced yn y peli heddi Marcet, 'smisa poeni.'

'Diolch, 33B. Sut wyt ti heddiw?'

'W i'n iawn, ond w i'n hiraethu am 'y nghartre ac w
i'n teimlo'n drist ofnatw.'

Sylweddolais fod y Swnthw bob amser yn drist.
Symudent yn araf ac ochneidient yn aml.

Roeddwn i wedi colli cyfrif ar ymweliadau 33B â'm
stafell – neu gallaswn amcangyfrif yr amser, misoedd,
wythnosau, blynyddoedd. Doedd dim syniad 'da fi.
Ond un diwrnod dywedodd y Swnth.

'Mae 'da fi rwpath pwysig i weud 'tho ti, Marcet.'

'Be' sy'n bod Tri Tri Bi?'

'W i'n dy garu di.'

'Paid â bod yn dwp, Tri Tri.'

'Ti YN lico fi, on'd wyt ti, Marcet?'

'Ydw, yn fawr, ond...'

'Ond be? Be sy'n bod arna i? Ti ddim yn lico'n lliced
i, nac wyt?'

'Mae rhai ohonyn nhw'n iawn.'

'Beth yw hi, 'te? Gwed be sy'n bod.'

'Wel, a gweud y gwir wrthot ti, Tri Tri, ti braidd yn...
wyrdd.'

'Ond, dim ond rhannau ohono i sy'n wyrdd, t'wel. Mae 'mola i'n las – a rhai o'm teimlyddion. Dishgwl.'

'Ie, ie ond… Sut alla i weud hyn…? Ti'n rhy seimllyd.'

'Mae menywod Swnthw yn licio llysnafedd.'

' 'Na'r broblem, w! 'Dyn ni'n dod o ddwy blaned wahanol.'

'Ond, w i'n dal i dy garu di.'

'Ti'n dal i fod yn rhy seimllyd.'

'Fe wna i sychu, ti'n gwpo.'

'Mae gormod o freichiau 'da ti. Pwy sy eisiau wyth braich?'

'Bydda i'n catw 'nwylo i mi fy hun.'

'Na, na, Tri Tri; wnaiff e ddim gweithio. Ti'n rhy wahanol i mi.'

'Paid â 'ngwrthod, Marcet! Ti'n torri 'nghalonnau.'

'Paid â llefain, Tri Tri Bi, mae dy ddagrau'n drewi.'

'Dyna d'air olaf, iefe, Marcet?'

'Ie. Rhaid iti ddod o hyd i Swnth o ferch fydd yn dy garu di.'

' 'Dyw hynny ddim mor hawdd ar y llong 'ma. Waeth dyw'r Pisdäon ddim wedi caniatáu i ferched ddod gyta ni.'

'Mewn rhai pethau maen nhw'n hynod o hen-ffasiwn on'd 'yn nhw?'

'Mae'n haws iddyn nhw'n rheoli ni,' meddai, ac yna aeth at y drws, a'i deimlyddion yn llipa a'i gynffon rhwng ei goesau. 'Paid â phoeni amdana i, Marcet. W i'n mynd i fwydo'r planhigion nawr.'

'Hwyl, Tri Tri.'

'Ffarwel.'

Yn ddiweddarach clywais fod Tri Tri Bi wedi'i fwydo'i hunan i'r planhigion. 'Na i gyd oedd ar ôl oedd chwech o'i esgidiau.

'Hitia befo, 'mond hen Swnth oedd o, 'sti,' oedd ymateb y Pisdäon pan fynegais fy nhristwch.

' 'Di o ddim fel 'sa fo'n medru teimlo llawar. 'Mennydd bychan sy gin y Swnthw.'

'Dew, mi fedrwn ni 'neud un arall ohono fo, os ti eisio fo; ei glônio fo, 'sti,' meddai un o'r Pisdäon.

'Ond nid yr un Tri Tri Bi fydde fe,' meddwn i.

'Na, Tri Tri Ec basa fo,' meddai un ac roedd y Pisdäon yn meddwl bod hynny'n beth doniol dros ben.

Es i'm stafell ac ar ôl gorwedd yno am dipyn teimlwn yn well, ac er mawr gywilydd i mi nawr, fe ddiflannodd fy ngalar yn sydyn iawn.

Yna un diwrnod – os oes modd i mi sôn am ddiwrnodau, ond dyna'r unig derminoleg sydd 'da fi i ddisgrifio'r cyfnod hwnnw pan oedd amser, fel rydyn ni'n synio amdano, wedi peidio â bod i bob pwrpas – un diwrnod, daeth criw o'r Pisdäon ataf.

'Tyd,' medden nhw yn eu lleisiau bach metalaidd cytsain. 'Tyd efo ni rŵan, mi dan ni eisio dangos rhwbath i chdi.'

Fe'm gwthiwyd gan saith neu wyth pâr o ddwylo bach i mewn i un o'r coridorau llachar wyn, troellog, cuddiedig a hynod o hirfaith – ble'r oedden nhw? Ai perfeddion y llong-ofod oedden nhw mewn gwirionedd? – nes inni ddod i stafell wen gron debyg i'm stafell i. Yno, yn gorwedd ar wely gwyn crwn roedd ffigwr mewn siwt arian. Nid un o'r Pisdäon oedd hwn, roedd e'n rhy fawr, ond yn sicr nid un o'r Swnthw ydoedd chwaith achos doedd e ddim yn ddigon mawr a gwyrdd ac amlgoesiog ac amlfreichiog.

'Dos 'laen. Dos i sbio,' medden nhw; yn wir teimlwn y dwylo bach yn fy nghefn eto, rai ohonyn nhw, yn fy ngwthio.

Merch oedd yn gorwedd yno, menyw yr un oed â mi, gyda gwallt tebyg i'm gwallt i. Edrychais arni a sylweddoli gydag ias a aeth trwy fy nghorff fel sioc drydan, taw myfi oedd hyhi. Wrth iddynt weld y gwir yn gwawrio arnaf dechreuodd y Pisdäon chwerthin a chwerthin. A daeth rhai ohonyn nhw i sefyll o gwmpas y gwely.

'Yli'i gwallt hi,' meddai un gan godi cudyn o wallt y fi arall. 'Yli'i chroen hi. Yli'i dwylo hi. Dwylo gwyn. Bychain gwynion.'

Ie, myfi oedd hi mewn pob manylyn, pob blewyn, pob crych, pob dafaden a phob man geni. Myfi wedi fy nyblygu, wedi fy nyblu. Ond pwy oedd y fersiwn gwreiddiol, myfi ynteu hyhi? Os oedd y Pisdäon yn dweud y gwir a'u bod nhw wedi fy nghipio flynyddoedd yn ôl a minnau'n cofio dim, ai hon oedd y growndwal i'r hon roeddwn i'n meddwl amdani fel myfi?

' 'Dan ni'n falch iawn ohoni, 'tydan?' meddai Pisdäyn gan droi at ei gydblanedwyr am gydsyniad – yr hyn a roddwyd iddo yn llawen. 'Mae hi'r un ffunud â ti, 'ntydi?'

'Ond 'cofn i nni'ch cymysu chi 'dan ni'n mynd â chdi'n syth 'nôl i dy stafall, 'cofn inni 'neud stomp o betha.'

'Mi 'dan ni angan y ddwy ohonoch chi – ond ar wahân. Ar gyfar ein harbrofion ni yn y dyfodol, 'sti.'

Y peth nesaf, dyma fi'n cael fy ngwthio eto drwy'r twneli gwynion ac un o'r Pisdäon y tu ôl i mi yn esbonio.

'Ond, paid â phoeni, chdi 'di'r un fydd yn mynd 'nôl i'r ddaear cyn bo hir.'

' 'Nôl i'r ddaear' – mor hyfryd y swniai'r ymadrodd, wedi'r cyfan, a minnau wedi meddwl nad oedd dim hiraeth arna i.

'Pryd?' gofynnais. 'Pryd ga i fynd 'nôl?'

'Hitia befo,' meddai Pisdäyn arall. 'Mae o'n dibynnu ar Racadgo.'

Ar hynny fe'm gwthiwyd i'm stafell a chaewyd y drws yn glep y tu ôl i mi. Roeddwn i ar fy mhen fy hun eto a llawer o bethau'n troi dwmbwldambal yn fy mhen. 'Mae arnon ni angan y ddwy ohonoch… ' Pam? 'Ar gyfer ein harbrofion…' ' 'Dan ni'n falch iawn ohoni'.

Bob yn dipyn fe'm hudwyd eto gan y stafell gyda'i suo a'i swynau. Ac fe gysgais. Ac yna, mewn breuddwyd, fe welais fy hun yn gorwedd yn y gwely 'na, roeddwn i fel petawn yn nofio uwch fy mhen yn yr awyr. Agorodd y drws a des i mewn trwyddo, a'r Pisdäon yn fy ngwthio o'r tu ôl. A dyna lle'r oeddwn i yn edrych arnaf i.

'Dos 'laen. Dos i sbio,' meddai un o'r dynion bach

wrth y fi ymwybodol a finnau yn edrych i lawr arnaf fi.

'Yli'i gwallt hi,' meddai dyn bach arall.

'Yli'i chroen hi.'

'Yli'i dwylo hi.'

' 'Dan ni'n falch iawn ohoni, 'tydan?'

'Ond 'cofn inni'ch cymysgu chi 'dan ni'n mynd â chdi'n syth 'nôl i dy stafell, 'cofn inni neud stomp o betha.'

'Mi 'dan ni angan y ddwy ohonoch chi – ond ar wahân. Ar gyfar ein harbrofion ni yn y dyfodol, 'sti.'

Ac yna fe wthiwyd y fi ar ddihun mas, a chaewyd y drws ar y fi'n cysgu. Ond yna fe ddihunais go iawn. Ai hyn a ddigwyddodd – a welswn i fy hun yn hytrach na chlôn? Ai tric neu ryw fath ar rith oedd y peth i gyd – rhan o hwyl y dyneddon?

Ac yna, rhaid bod swyngyfaredd y stafell wedi peidio â chael ei effaith hudol gysurus arferol arnaf am ysbaid, oherwydd dyma fi'n gollwng sgrech ac un arall a sgrechian eto. Yn syth daeth chwech o'r dynion bach at erchwyn fy ngwely.

'Be haru chdi'r gloman?' gofynnodd un.

'Sgrechian fel dwnim be.'

'Dw i mo'yn mynd 'nôl,' meddwn i, a dyna'r tro cyntaf i mi brotestio. 'Dw i mo'yn mynd sha thre.'

'I be d'wad?' meddai un o'r dynion, Onw efallai. 'Mae awyr a dŵr dy blanad di 'di wenwyno 'sti, 'di llygru.'

'Ie, ond cyw a fegir yn uffern,' meddwn i.

'Cei di fynd 'nôl, sti,' meddai un arall. Ai hwnnw oedd Racadgo? 'Ond dim eto, pwyll piau hi rŵan.'

' 'Dan ni'n darparu'r ffordd i chdi, ond twyt ti'm yn barod eto.'

'Cei di fynd cyn hir, cei di weld. Dyna 'di'n bwriad ni, dyna'n dymuniad,' meddai un. Efallai mai Ihr ydoedd am a wyddwn i neu Ijno neu Whu neu Wmt neu Borin neu pwy, pwy yn wir oedd pwy?

'Ond beth yw ystyr cyn hir mewn lle fel hwn? Does dim clociau, dim calendr.'

Dechreuodd y cythreuliaid chwerthin yn eu ffordd anghynnes nes colli'u hunanreolaeth yn llwyr.

'Does dim amser,' meddai un. 'Does dim ystyr i'r cof.'

'Ond dw i di cael llond bol,' meddwn i – gan sylweddoli, am y tro cyntaf, fy mod i'n dechrau siarad fel un ohonyn nhw – roedden nhw'n llygru fy iaith ac yn lladd fy mhersonoliaeth.

'Dyro bigiad iddi, neno'r tad, neu chawn ni ddim llonydd gin y sguthan.'

'Na! Na!' meddwn i yn barod i gwffio hefo nhw. 'Na fe, mae'u hiaith nhw wedi gadael ei hôl ar fy meddwl o hyd.

'Yli, Miargiad,' meddai un wrth iddyn nhw gydio yn fy mreichiau. 'Paid strancio. Rhaid i chdi aros hefo ni nes dy fod ti'n barod i gario Negas Bwysig, sy'n dipyn o gyfrifoldab 'sti.'

'Dw i'm isio fo, dw i'm isio fo,' meddwn i gan siglo 'mhen, yr unig ran o'm corff nad oedd dwylo bach llwyd yn ei gwastrodi.

'Dyro'r pigiad iddi rŵan 'ta.'

'Dw i'm isio fo,' oedd fy ngeiriau olaf. 'Dw i'm isio'r

cyfrifoldab... cyrifoldab,' eto cyn i mi golli ymwybyddiaeth yn llwyr.

Dihunais mewn hwyliau hollol wahanol, yn ddedwydd ac yn barod i aros yn y stafell fach lân, dawel a chlyd honno tan yr utgorn olaf. Roedd yr awyrgylch ar f'atgyfodiad yn hyfryd eto, llawn gwefrau serch a nwyd. Doedd y dynion bach ddim yno, dim ond Sbalwci du a gwyn, chwechonglog yn cropian ar y llawr.

Ie, dyna lle'r oeddwn i'n hymian yn hapus braf i mi fy hun ar fy ngwely pan ddaeth y criw i gyd i mewn. Nid y Pisdäon yn unig ond y Swnthw hefyd y tu ôl iddynt.

'Dyma ni, rŵan Miargiad,' meddai un a safai yn y canol ac y cymerwn mai Racadgo ydoedd. 'Mae'r amsar 'di dŵad i chdi gael dysgu'r Negas Bwysig 'lly. Y Negas Fawr ar gyfar dynoliaeth a dyfodol y ddaear.'

'A rhaid i chdi, Miargiad,' meddai un arall a safai ar ei ddeheulaw. Borin efallai. 'Rhaid i chdi ei throsglwyddo i'r byd er mwyn achub dy hil. Dyna dy ddyletswydd, dyna dy gyfrifoldab. Wyt ti'n barod?'

'Yndw,' meddwn i, er fy mod i'n teimlo fel un ohonyn nhw i'r fath raddau fel nad oeddwn i'n gallu 'nglywed fy hun yn siarad. Sylweddolaf nawr fy mod i fel anifail gwyllt wedi'i fagu ers yn ifanc iawn gan ddynion a'i argyhoeddi taw dyn ydyw ond sydd yn gorfod cael ei drosglwyddo yn ôl i'w gynefin gwyllt a'i rywogaethau ei hun (sydd yn siŵr o'i wrthod a'i dynnu'n ddarnau).

'Dyma'r Negas, 'lly,' meddai Racadgo, neu'r un yn y canol, cyfysgwydd â'r lleill. 'Ein Negas yw fod rhaid i bobl y ddaear fod yn neis wrth ei gilydd a pheidio â

rhyfela o hyd a rhaid iddyn nhw beidio â chwarae
gormod o gerddoriaeth 'nenwedig Gorecki a Gorky's.'

'Bod yn neis?' meddwn i. 'Peidio â chwarae gormod
o gerddoriaeth?'

'Dyna fo,' meddai Racadgo.

'Ti'n siarad fatha Ken Dodd!' meddwn i.

'Mae'n anodd i ti, greadur dynol, ddeall 'bod yn neis'
– hyd yn oed ar ôl ein holl flynyddoedd o hyfforddiant –
ond dyna'r Negas Bwysig a rhaid i ti'i chario rŵan i'th
gydanifeiliaid.'

Ond, wnaethon nhw ddim dod â mi yn ôl am dipyn o
amser wedyn; wythnosau, misoedd, wyddwn i ddim.
Yna, un tro – alla i ddim gweud 'un diwrnod' am
resymau amlwg – un tro, ar ôl Cyfarfod y Negas
Bwysig, roeddwn i'n edrych mas drwy un o'r ffenestri a
gwelais y byd filoedd o filltiroedd o dan fy nhraed, fel
pysen werdd i ddechrau – fel ein peli beunyddiol – ac
yn tyfu bob yn dipyn i faint pêl dennis, ac yna'n bêl-
droed, ac yna'n falŵn. Chynhyrfais i ddim. O'r pellter
yna doedd 'na ddim rhyfeloedd, newyn, daear-
grynfeydd, heintiau, ffilmiau, gwleidyddion, ysgol-
heigion, actorion, athrawon na llenorion, dim cenhedl-
oedd nac ieithoedd. Dibwys oedd y cyfan. Yn wir,
anghofiaswn am y byd bach ac am bopeth yn ei gylch.
Dyna pryd y sylweddolais fod blaenoriaethau yn fater
o leoliad yn unig – a minnau'n hongian yn y gofod a'r
ddaear yn bêl y gallwn i fod wedi'i chicio i ffwrdd dros
y wal i ardd tŷ drws nesa, i gael ei rhwygo'n ddarnau
gan yr hen labrador, neu i dorri to'r tŷ gwydr, neu i gael

ei dwyn gan y crwtyn drwg a'i gyfeillion.

'Bron 'di cyrraedd, Miargiad,' meddai un ohonyn nhw.

' 'Dan ni'n mynd i dy sodro chdi yn y ddinas lle mae dy frawd di'n byw.'

' 'Mrawd i!' meddwn i. 'Gogo!' A daeth lwmp i'm llwnc wrth feddwl amdanat ti.

'Ia, ond rhaid i chdi'i ffeindio fo dy hun. Trybeilig o anodd, y llongau 'ma, i'w landio mewn mannau penodol, 'sti.'

'Yr lw-eff-ô bỳffs 'di'r gwaetha. Wastad yn watsiad yr awyr amdanon ni, yn barod i'n 'croesawu' ni.'

Chwarddodd y dyneddon i gyd.

'Weli di'r siwtcês 'ma? Ynddi mi gei di ddillad newydd a dogfennau a goriad dy fflat.'

'Fflat?'

'Cartra newydd i chdi. Un moethus. 'Dan ni ddim isio ichdi fod yn dlawd ac amddifad a ninnau wedi dy gadw chdi ac arbrofi arnach chdi am yr holl flynyddoedd 'ma.'

' 'Dan ni 'di agor cyfri banc i chdi. 'Sdim angan i chdi weithio.'

'Cei di fod yn llenor Cymraeg amser llawn os wyt ti isio.'

Chwarddodd y dyneddon gyda'r sŵn bach cras 'na yn eu gyddfau.

'Paid â phoeni, ble bynnag ei di mi fydd 'na rai ohonan ni yno i gadw golwg arnach chdi – dy gymdogion, yn y siopau ac yn y strydoedd.'

' 'Dan ni ymhobman ond 'dan ni'n edrych yn union

'run fatha pobol, 'sti.'

'Pobol drws nesa, pobol yn y siop drin gwallt, yn stafell aros y deintydd – y deintydd ei hun a'r meddyg teulu – bydd rhai ohonon ni yn eu plith heb yn wybod i chdi.'

'Ac mae 'na lawer o bobol 'di bod trw'r un profiad â chdi, 'di bod efo ni am gyfnod cyn inni eu rhoid nhw'n ôl ar y ddaear.'

'Ond,' meddai un gydag ychydig mwy o awdurdod na'r lleill – ai Racadgo oedd e? – 'chdi di'r un 'dan ni 'di dewis i drosglwyddo'r Negas Fawr Bwysig i'r byd. Cofia di.'

' 'Dan ni i gyd yn dibynnu arnach chdi.'

'A chofia'n harwyddair, Miargiaid.'

'Beth yw'ch arwyddair?'

'Mae o'n ddigon syml a hawdd ei gofio, fel sy'n briodol i arwyddair – 'Boed i Neisrwydd a Diffuant- rwydd Dy Ddilyn Di i Ble Bynnag yr Ei Di Hyd yn Oed Pan Na Fyddi Di'n Teimlo'n Neis Nac yn Ddiffuant o Gwbl.'

'Boed i Neisrwydd a Diffuantrwydd Dy Ddilyn Di,' cydadroddodd y dyneddon, 'i Ble Bynnag yr Ei Di Hyd yn Oed Pan Na Fyddi Di'n Teimlo'n Neis Nac yn Ddiffuant o Gwbl.'

Ar ôl iddyn nhw orffen gwyddwn eu bod nhw'n disgwyl i minnau ailadrodd y geiriau, waeth roedden nhw'n syllu arna i gyda'r llygaid mawr tywyll siâp almon 'na ar ochrau'u pennau.

'Boed i Neisrwydd…' dechreuais gan golli fy ffordd drwy labrinth y frawddeg bron yn syth.

'A Diffuantrwydd dy Ddilyn,' meddai un i brocio 'nghof.

'Dy Ddilyn…'

'Ble Bynnag yr Ei.'

"A'r peth nesa, dyna lle'r oeddwn i, yn sefyll yng nghanol y parc a'r siwtcês wrth fy nhraed. Trois i edrych ar y llong-ofod. Roedd y drws yn agored o hyd a'r dynion bach llwyd yn syllu ar f'ôl yn chwifio dwylo ac yn dal i lafar ganu'r arwyddair hirwyntog,

'Hyd yn Oed Pan Na Fyddi Di'n Teimlo'n Neis…'

"A gorffennais y llinell, '… nac yn Ddiffuant o Gwbl.'

"A chaeodd y drws. Goleuodd y llong yn llachar a chodi o'r llawr ac fe'i gwyliais yn codi i'r awyr ac yn symud i ffwrdd – yn araf i ddechrau ac yna'n sydyn (yn troi'n sbec o olau yn yr entrych) ac yna'n diflannu yn wybren y bore."

Roeddwn i'n cael trafferth i gadw fy llygaid ar agor a syrthiasai Owain Glyndŵr i gysgu ar y gadair hanner ffordd drwy'r stori, a'i ben ar ei freichiau a orffwysai ar ford y gegin.

"Mae'n ddrwg 'da fi," meddwn i gan rwbio fy llygaid a gapo. "Ond mae'n rhaid i fi fynd i 'ngwely, Didi. Dw i'n cysgu'n barod, bron."

"Beth wyt ti'n feddwl o'r hanes 'na?" gofynnodd Marged, wedi'i thramgwyddo dw i'n credu.

"A gweud y gwir, Didi, ces i dipyn o drafferth i ganolbwyntio ac i gymryd y cyfan i mewn. Roedd rhannau ohoni yn f'atgoffa o'r ffilm *The UFO Story*."

"Ti a dy ffilmiau! Wedi bod yn gwastraffu f'anadl 'te," meddai Marged gan godi'n sydyn a gwisgo'i chôt. "Wedi bod yn gwastraffu f'amser hefyd, mae'n amlwg."

"Paid â bod, fel 'na, Didids," meddwn i, yn rhy flinedig

i brotestio'n daer.

Yn dawel bach roeddwn i'n falch i'w gweld hi'n paratoi i fynd – yr unig ddymuniad yn fy nghalon oedd suddo i'm gwely cynnes. Fe'i gwyliais hi'n ffonio am dacsi ond teimlwn yn bell i ffwrdd oddi wrthi, mewn swigen o ludded hunanol. Rhaid fy mod i wedi cau fy llygaid a phendwmpian oherwydd y peth nesaf canodd y gloch.

" 'Na'r tacsi," meddai Marged gan godi a'm cusanu ar fy nhalcen. "Dw i'n mynd. Cysga'n dawel."

Ar ôl iddi fynd i lawr y grisiau fe lusgais fy hun i'm stafell – gan adael Owain Glyndŵr yn cysgu ar y ford – diosg fy nillad, eu taflu ar y llawr a disgyn ar y gwely.

Pan gaeais fy llygaid daeth llais bach fy nghydwybod i'm poeni. Doeddwn i ddim wedi trefnu i gwrdd â Marged eto, ddim wedi ffarwelio â hi'n iawn. Ddim wedi gwrando ar ei stori. Beth oedd yr holl fusnes 'na am weld Iw-eff-ô? Rhyw ddynion bach? Cath ddu a gwyn neu rywbeth. Planhigion? Allwn i ddim gwneud na phen na chynffon o'r stori nawr.

Yna fe glywais sŵn. Drws y tŷ. Sŵn traed yn dod lan y grisiau. Drws y fflat. Lleisiau. Gwynfab a Llysnafedd yn mynd i'r gegin. Gwynfab yn gollwng sgrech – mae wedi gweld y llanastr yn y gegin, papurau'r sglodion ac Owain Glyndŵr yn cysgu ar y ford. Llais dig Gwynfab. Llais Llysnafedd yn ceisio'i dawelu, chwarae teg iddo, o barch i mi yn fy ngwely. Tawelwch am dipyn. Yna, sŵn tegell yn dechrau berwi. Y sŵn yn cynyddu. Y dŵr yn barod. Sŵn llestri, llwyau, drws yr oergell yn cael ei agor a'i gau eto. Dŵr yn cael ei arllwys. Llwyau yn tincial yn erbyn mygiau. Sibrydion.

Chysgais i nemor ddim. Dihunais ac edrych ar y cloc. Roedd hi'n wyth o'r gloch, amser cwnnu'n barod. Pan es i'r gegin roedd Gwynfab yn coginio bacwn a selsig ac wyau ac yn ffrio bara a'r gwynt yn ddigon i godi cyfog. Roedd Owain Glyndŵr yn dal i gysgu wrth y ford fel y bathor yn stori Alys neu Hugo Kalmar yn *The Iceman Cometh*.

Roeddwn i'n barod am Gwynfab y bore hwnnw, yn barod am ei ensyniadau, ei gerydd, ei biwisrwydd anorfod.

"Gwranda, Gwynfab," meddwn i gan achub y blaen arno, cyn iddo gael cyfle i ddweud y drefn wrthyf. "Gwranda, mae'n flin 'da fi am y papurau 'ma, dw i'n mynd i gliro'r sbwriel 'nawr, mae'n flin 'da fi am Owain Glyndŵr yn cysgu 'ma, ond aeth pethau 'mlaen braidd yn ddiweddar neithiwr, tan oriau mân y bore a gweud y gwir, ac es i'r gwely wedi blino'n gortyn, ond do'n i ddim wedi gweld fy chwaer ers blynyddau ac o'n i eisiau clywed ei storïau 'na i gyd. Felly, paid â bod yn ddiamynedd 'da fi bore 'ma, iawn?'

"W! Pwy thydd wedi cymryd y bilthen bwdlyd y bore 'ma," meddai Gwynfab.

Allwn i ddim credu'r peth roedd e'n gwenu. Ei ruddiau haearnaidd, newydd eu heillio'n sgleinio. Ac roedd e'n hymian rhyw gân – beth oedd hi?

"Ithta lawr ac mi wna i frecwatht i ti, cyw."

Cyw! Beth oedd yn bod arno?

"Dw i ddim yn byta cig, cofia!"

"Wyau 'te? Gymi di wy?"

"Cymera, diolch."

Ac felly y bu. Roedd Gwynfab, am ryw reswm, yn berson gwahanol, wedi cael tröedigaeth, yn llawn o hwyl a llawenydd y gwanwyn – er doedd hi ddim yn wanwyn o gwbl. Roedd hi'n bwrw glaw ar y ddinas. Roedd ei lwydni gwlyb yn wrthgyferbyniad llwyr i gân heulog, egnïol Gwynfab – rhywbeth o *South Pacific* oedd hi.

Daeth Llysnafedd yn ddiweddarach i nôl Gwynfab i fynd ag ef i'r Adran. Golchais y llestri a gadael Owain

Glyndŵr yn dal i gysgu dros ei freichiau ar y ford.

Y bore hwnnw roedd nod 'da fi; roeddwn i'n bwriadu mynd i'r llyfrgell i chwilio'r catalog am lyfrau ar Rio de Janeiro.

Cerdded i gyfeiriad y llyfrgell newydd roeddwn i pan welais y dyn tal golygus 'ma yn dod tuag ataf dan syllu arnaf, dyn braidd yn gas yr olwg. Yna, wrth imi'i basio galwodd ar f'ôl.

"Hei!" Teimlwn yn ddigon nerfus nes iddo ddweud, "Mr Cadwaladr wyt ti 'nte?"

Trois i edrych arno, er yn dal i deimlo'n amheus ohono. Ac yna, er bod ei wallt wedi dechrau britho ar yr ochrau, fe'i hadnabûm.

"Jiwcs, Gary 'chan!" meddwn i. "Do'n i ddim yn dy nabod di. Sut wyt ti ers blynydde?"

"Reit dda, diolch yn fawr. A thithe? Ti'n dal i ddysgu'r dosbarth nos 'na?"

"Nac ydw. Dim nawr."

"Ew, dw i'n cofio'r dosbarth 'na. Y bobol a'r stafall. Ddyshgish i lot hefyd. Ew, beth oedd y gerdd 'na, rŵan? 'Y Ferch ar y Cei yn Rhuo'."

"Cof da 'da ti, Gary."

"Ia, Robaits Wilias Parri, yntê?"

"Beth wyt ti'n 'neud nawr?" gofynnais.

"Actio. Wedi bod mewn rhai petha Cymraeg. *Gaea'r Wiwer*, thrilar oedd honno i fod, *Slam Bam*, rhaglen i blant, *Sboncio*, cwis lle roeddach chdi'n goro atab cwestiyna i gael mynd i fyny'r grisia 'ma, fi oedd yn gofyn y cwestiyna, ac wrth gwrs y gyfras *Pobol y Cwm*. Welest ti rai ohonyn nhw?"

"Naddo. Dw i wedi bod i ffwrdd a dw i ddim yn gwylio'r teledu nawr, ta beth."

"Dw i'n gweithio yn y West End yn Llundain rŵan, 'sti. Newydd ddŵad 'nôl o 'Mericia. 'Di bod yn ffilmio yno, 'sti. 'Di 'neud lot o waith yn 'Mericia yn ddiweddar. Dw i'n mynd draw eto yn yr hydre'. Ffilm fawr. Dw i ddim yn seran fawr eto, ond dw i'n 'neud yn dda. Be amdana chdi, Mr Cadwaladr?"

Roeddwn i'n dechrau credu bod pawb a aeth i'r dosbarth hwnnw wedi ysgwyd llaw'r Brenin Midas ac wedi mynd o lwyddiant i lwyddiant – pawb hynny yw ond y fi. Mor anodd oedd hi i ateb y cwestiwn syml hwn. Beth yw 'gwaith ymchwil' i rywun fel Gary? Dim byd.

"Mae 'da fi 'musnes fy hun," meddwn i. "Cwmni cyhoeddi."

"Taw! Unrhyw blockbusters?"

"Sawl un. Rhai wedi bod ar restr fer y Booker."

"Taw! Be 'di enw'r cwmni?"

"Radicadwal," meddwn i mewn fflach o ysbrydoliaeth. "Mae 'na lun bach ar waelod asgwrn cefn pob un o'n llyfrau o ferch 'da llygoden ar ei hysgwydd – fel yn y gerdd 'na am y ferch ar y cei."

"Ew! Mi wna i gadw llygad allan am un. Be 'di'r enw 'na 'to? Radicadwal? Ew, da. Er, cofia, fawr o amser gin i, dyddia 'ma, i ddarllen. Hei, braf gweld chdi, Mr Cadwaladr. Rhaid brysio i ddal y trên i Lundan, 'sti. Hwyl, Mr Cadwaladr."

"Hwyl, Gary."

Rhyfedd fel mae'r gorffennol yn stelcian lan y tu ôl i'r presennol ac yn pinsian ei ben-ôl yn sydyn annisgwyl fel 'na weithiau. Efallai fod y dyfodol yn picio i mewn i ymweld â'r presennol weithiau hefyd, ond rydyn ni'n nabod y gorffennol, dydyn ni ddim yn gyfarwydd â'r dyfodol eto, heb gwrdd ag ef. Myfyrio fel 'na roeddwn i pan basiais siop Emrys Rees Evans a digwydd gweld Ann Griffiths drwy'r ffenestr. Y gorffennol eto a'r presennol. Eistedd roedd hi gyda'r blodau o'i chwmpas – lilis, tegeirianau, rhosynnod – fel un o ddugesau hardd Proust mewn gwisg fodern. Newidiodd fy nghynlluniau am y diwrnod. Yn lle mynd i'r llyfrgell es i mewn i'r siop i weld Ann Griffiths.

Roedd hi wrth ei bodd i'm gweld i.

"Beth am gwrdd am goffi ar ôl i mi gwpla 'ma. Dim ond y bore dw i'n ei 'neud heddiw. Dw i'n gorffen am un o'r gloch."

"Pam lai? Beth am inni gwrdd yn y caffe Americanaidd 'na yn yr arcêd?"

"Iawn. Fe fydda i yno tua chwarter wedi un."

"Mae hynny'n rhoi amser i mi fynd i'r llyfrgell i 'neud tipyn o waith ymchwil," meddwn i. "Paid â mynd i McDonald's fel 'naeth fy chwaer."

Na, fyddai hi ddim. Fyddai hi ddim yn gwneud camsyniad fel 'na.

Yn y llyfrgell es i drwy'r catalog yn ofalus a nodi teitlau pump o lyfrau ar Rio de Janeiro. Ond, pan es i edrych ar y silffoedd doedd dim un o'r cyfrolau yno, felly fe'u harchebais, i'w cael nhw rywbryd arall. Doedd dim byd i'w wneud wedyn ond pori yn y llyfrau ffilmiau. Roedd Ann Griffiths wedi mynd i edrych yn hynod o debyg i Gloria Swanson ar ddiwedd *Sunset Boulevard* a'm chwaer wedi mynd yn debyg i Joanne Woodward yn *The Effect of Gamma Rays on Man-in-theMoon Marigolds;* dim ond ei gwallt oedd yn debyg i Louise Brooks yn *Pandora's Box*. Pa ffilmiau oedd yn mynd i gael eu dangos yng Nghanolfan y Celfyddydau? Rhaid i mi gael copi o'r rhaglen newydd cyn gadael y llyfrgell a oedd yn gorlifo â phamffledi yn hysbysebu holl weithgareddau'r ddinas, gweithgareddau y mae'r rhan fwyaf o ddinasyddion yn eu hanwybyddu ar y cyfan – yr opera, yr arddangosfeydd, y dramâu.

Ac eithrio ffilmiau, fy niddordeb arall yw ffotograffau.

Dw i'n licio ffotograffwyr sy'n tynnu lluniau o bobl yn bennaf, ffotograffwyr fel Karsh, Diane Arbus, Kertész a Weegee – dim llawer o ddiddordeb 'da fi yn nhirluniau gwych Ansell Adams.

Weegee 'the famous', yr enwog Arthur Fellig, yw fy hoff ffotograffydd. Mae ffotograffau yn llawn dirgelion, yn enwedig hen luniau. Am eiliad mae rhywun yn digwydd croesi llwybr y camera ac mae argraff o'r eiliad honno'n cael ei chadw, ei rhewi am byth – ond mae'r person hwnnw yn mynd yn ei flaen ar ôl y llun, wedi bod cyn y llun hefyd, ond yn amlach na pheidio mae hanes y bywyd a ddigwyddodd-darfu-megis-seren-wib yn disgyn i ddistawrwydd; yr unig beth a erys yw'r untroed-oediog, fel petai. Be ddigwyddodd i Norma, y fenyw dew a arferai ganu yn Sammy's Bar? Pwy oedd y ddwy hen wraig ddiemwntiog sy'n mynd i'r opera yn y llun enwog, 'The Critic', a phwy oedd yr hen fenyw fach dlawd sy'n gwgu arnyn nhw yn gas o gornel y ffotograff? A phwy oedd Alan Downs a laddodd ei wraig, yn ôl y teitl o dan y llun ohono'n cael ei arestio, a'i ddwylo mewn bandais, a'i gymdogion yn syllu arno wrth iddo gael ei dywys i ffwrdd gan yr heddlu, a'u hwynebau yn mynegi anghrediniaeth, 'sut yn y byd mae dyn bach sbectolog fel Mr Downs yn gallu lladd ei wraig a pham?' a dyna fy nghwestiynau i hefyd. Mae lluniau Weegee yn fy mhoeni i, yn gofidio fy meddwl fel ysbrydion mewn hen dŷ.

Yr un peth yn achos lluniau Kertész. Rwy'n rhoi *Weegee's New York Photographs 1935-1960* yn ôl ar y silff ac yn cymryd *Sixty Years of Photography, 1912-1972* gan André Kertész. Mae Kertész yn fwy o artist na Weegee ac mae ambell un o'i luniau yn fwy enigmatig a hudolus na rhai Weegee hyd yn oed. Y crwtyn yn sefyll wrth ei ddesg yn yr ysgol y dywedodd Barthes amdano y byddai'i fywyd yn nofel – rwy'n amcangyfrif yn fy mhen ac ydi, mae'n bosibl ei fod ar dir y byw o hyd, wedi goroesi'r ffotograffydd, wedi goroesi Barthes – a'r llun enwog yna o Meudon – y trên yn croesi'r bont, yr hen siop, a'r dyn 'na yn cario pecyn o dan ei fraich. Beth sydd yn y pecyn? Beth sydd yn y pecyn? Mae'n fy ngyrru'n wyllt, yn fy ngyrru i'n benwan, dw i'n ysu am gael gwybod beth oedd yn y pecyn 'na. Mae'r siâp yn awgrymu taw llun wedi'i fframio oedd e – llun rhad, print neu ynteu baentiad gan un o artistiaid mawr Ffrainc, Matisse, Picasso, Brauner; neu ai drych oedd yn y pecyn yn edrych yn ôl arnon ni a ninnau yn y drych; neu ynteu y llun ei hun o Meudon gan Kertész gyda'r trên, yr hen siop a'r dyn yn cario'r pecyn dan ei fraich – ond wedyn, beth sydd yn y pecyn 'na? Ond y llun mwyaf dirgel yw'r un o'r fenyw fach a chlogyn o'i chwmpas. O dan ymyl ei chlogyn rydyn ni'n gallu gweld ei thraed a thraed rhyw fath o ffyn baglau neu ffrâm gerdded, 'pulpud' ys dywedir nawr. Mae'n rhyw fath o gorrach, fe ymddengys, a chap o wlân yn dynn am ei phen, wedi'i dynnu i lawr dros ei chlustiau. Ei hiechyd yn fregus, ei hwyneb yn flinedig yn dangos poen a straen. Mae hi'n ymlwybro ar hyd stryd fawr ddinesig yn Ffrainc, yn y bore, fe ymddengys, gan fod gwlith ar y pafin; mae'r lliw yn awgrymu hynny hefyd, golau boreol. Mae'r llun hwn o'r fenyw fach gloff yn fy nghyfareddu; pwy oedd hi, yn ymlwybro ar hyd y stryd ar ei phen ei hun, i ble? O ble y daethai? Oedd ganddi deulu, ffrindiau, mam? Neu, oedd hi'n unig yn y byd fel yr ymddengys yn y llun. Croesodd o flaen lens camera Kertész, gan gamu allan o ddinodedd, am eiliad, a dyna hi'n gadael ei hôl ar hanes diwylliant y gorllewin, ffotograff gan Kertész, ac yna'n camu'n ôl i'r tywyllwch. Beth oedd ei hanes? Alla i ddim gadael y llun hwn yn y llyfrgell, felly dw i'n benthyca'r llyfr; mae'r llyfrgellydd yn stampio'r dyddiad ynddo, Mehefin 9, ac yna dw i'n cerdded mas gyda'r llyfr mawr dan fy nghesail.

Mae Ann Griffiths yn eistedd ar stôl uchel wrth y cownter yn y caffe yn aros amdana i. Mae hi'n fy nghyfarch gyda gwên drwy'r ffenest. Mae hi'n f'atgoffa o Anne Bancroft heddiw.

"Mr Cadwaladr, mae hi'n rhy braf prynhawn 'ma, beth am fynd am dro? Dw i ddim eisiau aros yn y caffe 'ma, mae pobl yn smygu a chyn i ti gyrraedd fe wnaeth un o'r cwsmeriaid gwyno ar ôl iddo ganfod blewyn yn ei frechdan. O'n i'n arfer smygu, wrth gwrs, ond dw i wedi rhoi'r gorau iddi ers blynyddau a nawr dw i'n danbaid yn ei erbyn."

Felly aethon ni allan o'r arcêd, croesi'r heol at y castell a cherdded wrth ochr y mur gyda'r mulod cerrig yn dringo drosto, y panther, yr arth, y morgrugysor, ac yna drwy'r clwydi i mewn i'r parc. Dyma'r gorffennol yn dod yn ôl eto. Onid yn y parc 'ma y tynnais luniau o Ann Griffiths, lluniau ohonon ni'n dau gyda'n gilydd?

"Mr Cadwaladr," meddai. "Mae 'da fi rywbeth i'w ddweud wrthot ti, rhywbeth i'w gyffesu."

O na, suddodd fy nghalon i lawr drwy fy sgidiau a dod i orwedd o dan y pridd gyda bylbiau'r blodau. Oni wyddwn i o brofiad am gyffesion Ms Griffiths? Ei helyntion yn y chwedegau, ac yna'r llofruddiaethau honedig – ac wedyn y datgyffesiadau, dim llofruddiaethau o gwbl. Dyna'r ateb, cymryd y cyfan gyda dogn sylweddol o halen ys dywed y Beibl. Doedd hi ddim yn berson y gellid coelio pob gair o'r hyn a ddywedai, ond roedd ganddi ryw ysfa i gyffesu pethau gwir neu ffug o hyd. Wedi trechu cyffuriau, wedi trechu sigaréts, doedd ei chaethiwed i rannu cyfrinachau ddim mor hawdd ei drechu. Licio rhywun i wrando arni roedd hi.

Mae dyn ifanc yn cerdded heb fod yn bell o'n blaenau ni. Yn sydyn mae sŵn yn dod ohono - blip-pîp-blip-pîp. Mae'n tynnu rhywbeth o boced ei siaced ac yn ei ddal wrth ei geg. Saif ar y llwybr yn gweiddi i mewn i'r ffôn-gerdded, "Hi, Roger! Great…yea…" Mae rhywun arall ar ben arall y llinell anweladwy yn arllwys geiriau i'w glust. Wrth i mi ac Ann Griffiths ei basio rydyn ni'n gallu gweld gwên ar wyneb y dyn ifanc – mae'n gwenu ar y siaradwr/siaradwraig er nad yw hwnnw neu honno yn gallu gweld ei wyneb. Mae'n ymateb corfforol awtomatig, anwirfoddol, bron.

Holais sut roedd ei chymydog, Mr Richards. Ond doedd hi ddim yn ei nabod e.

"Mae'n byw yn yr un fflatiau â ti a'n chwaer i," meddwn i. "Yr un adeilad."

"Dw i ddim yn nabod neb sy'n byw 'na, Mr Cadwaladr. Fydda i a byth yn gweld neb. A gweud y gwir, wyt ti'n siŵr fod dy chwaer yn byw yn yr un tŷ a mi?"

"Ydw, dw i'n siŵr," meddwn i. Ond yn sydyn, doeddwn i ddim yn siŵr o gwbl, doeddwn i ddim yn siŵr o ddim byd.

"Gad inni eistedd yn y gysgodfa 'ma," meddai hi gan gerdded yn hyderus ar draws y gwair gwlyb heb boeni am wlychu'i sgidiau costus o ledr llwyd. "Mae hi fel pergola on'd yw hi? Ein pergola bach ni, Mr Cadwaladr. Cawn ni eistedd yma'n gyffforddus ac edrych ar y blodau."

Mae blodau yn rhywbeth hollol ddieithr i mi, dw i'n anllythrennog mewn blodau, alla i ddim dweud y gwahaniaeth rhwng tiwlip a liwpin. Yr un peth gydag adar – dw i'n nabod y rhai amlwg, robin goch, alarch, aderyn du, ond faswn i ddim yn nabod titw tasa un yn hedfan lan fy nhrwyn i. Yr un peth gyda choed, dw i'n gwbod bod 'na wahanol fathau o goed i gael ond faswn i ddim yn gallu gweud 'dyna dderwen a dyna ywen a dyna onnen' i achub fy mywyd. Dyna'r anfantais o gael dy fagu mewn trefi a dinasoedd ar hyd d'oes – os yw'n anfantais; oes ots beth yw'r gwahaniaeth rhwng y coed 'na? I mi coed yw coed.

"Wyt ti a dy chwaer yn agos iawn, Mr Cadwaladr?" torrodd llais Ann Griffiths ar draws fy myfyrdod.

"Ydyn, er 'dyn ni ddim wedi gweld ein gilydd mor aml tan yn ddiweddar."

" 'Run peth â fi a 'mrawd, roedden ni'n agos iawn. Faint sydd rhyngot ti a dy chwaer?"

"Dim ond deunaw mis. Fi yw'r hyna." Celwydd am ryw reswm.

"Efeilliaid oeddwn i a 'mrawd. Dim ond ugain munud rhwng y ddau ohonon ni. 'Y mrawd ddaeth ar f'ôl i. Efeilliaid yr un ffunud oedden ni. Ein jôc ni."

Weithiau bydd rhywun yn dweud rhywbeth ac ar ôl ei ddweud bydd tawelwch arwyddocaol, tawelwch sydd i fod i gael ei lenwi gan ymateb disgwyliedig. Ond, weithiau bydd rhywun yn clywed heb wrando, fel mae rhywun yn clywed y radio heb wrando. Clywswn Ann Griffiths a synhwyro'r tawelwch ar ôl ei datganiad heb amgyffred ei oblygiadau. Dal i ryfeddu roeddwn i fod ei brawd a hi yn efeilliaid, doeddwn i ddim yn cofio neb yn sôn am hynny pan oedd y ddau yn ymgyrchu i gael eu hethol i'r senedd a doedd Ann Griffiths ddim wedi crybwyll y peth o'r blaen. Mae'r geiniog ddiarhebol, weithiau, yn cymryd amser i ddisgyn. Chwarddais am ben ei jôc.

"Efeilliaid yr un ffunud?" meddwn i, jôc ynteu gamgymeriad, llithrad?

"Fe'm clywaist i'n iawn, Mr Cadwaladr. Dau efaill union yr un ffunud â'i gilydd. Dau fachgen oedden ni."

Beth oeddwn i fod i'w wneud? Chwerthin neu ynteu ysgwyd 'y mhen. Roedd y peth yn amhosibl on'd oedd e?

Teimlwn yn chwithig ac mewn ymgais i guddio hynny fe wnes i'r unig beth y gallwn ei wneud i'm hamddiffyn fy hun dan y fath amgylchiadau anghyfforddus. Pesychais.

"Ti'n gwrido, Mr Cadwaladr. Ddim yn gwybod beth i'w 'weud, am unwaith."

"Dw i ddim yn deall."

"Mae'n ddigon hawdd. Ces fy 'ngeni'n fachgen ac yna yn y chwedegau ces driniaeth lawfeddygol i newid fy rhyw. Roeddwn i ymhlith y rhai cyntaf ym Mhrydain i gael y llawdriniaeth, ac am wn i, fi oedd y Cymro cyntaf i droi yn Gymraes."

Tawelwch eto. Distawrwydd o anghrediniaeth, o annealltwriaeth.

"Ond aethon ni..."

"Aethon ni i'r gwely gyda'n gilydd. Do."

"A'r lluniau."

"Lluniau ohonof i yn fy nillad isaf. Welaist ti mo 'nghorff i, naddo? Neu, efallai y buasai hyd yn oed diniweityn gyda chyn lleied o brofiad â thi wedi sylwi nad oeddwn i ddim fel menywod eraill."

"Dw i ddim yn deall y peth. Sut mae rhywun yn gallu newid ei ryw?"

"Es i at Dr Benjamin i Gasablanca, yr arloeswr yn y maes."

Ond i mi ystyr Casablanca oedd Humphrey Bogart, Ingrid Bergmann, Peter Lorre, Sidney Greenstreet, Claude Rains, Conrad Veidt, S.Z. 'Cuddles' Sakall, Dooley Wilson yn canu 'As Time Goes By'. Casablanca oedd y ddihangfa 'na oddi wrth erledigaeth y Natsïaid, nid lle go iawn, yn y byd go iawn, lle'r oedd pobl yn mynd i newid o fod yn fechgyn i fod yn ferched.

"Pan oeddwn fachgen," meddai Ann Griffiths, "roedd hi'n obsesiwn. Doeddwn i ddim yn fachgen, merch oeddwn i. Roedd Edward yn teimlo'n debyg. Ond yn ein harddegau doeddwn i ddim wedi colli'r obsesiwn. Roedd Edward ar y llaw arall wedi penderfynu ei fod yn fachgen oedd yn licio bechgyn. Yn y diwedd fe lwyddais i berswadio Mam a 'Nhad i dalu am y llawdriniaeth a bant â fi i Casablanca."

"Ond o'n i'n meddwl dy fod ti wedi lladd dy rieni."

"Storïau, Mr Cadwaladr, fe 'wedais i wrthot ti taw storïau oedden nhw."

"Wel, efallai fod hon yn stori arall."

"Gallwn i brofi'r peth."

"Dim diolch."

"Fe lwyddais i dwyllo'r pleidleiswyr hefyd; twyllais bawb. Nes iddyn nhw ddechrau twrio i 'ngorffennol i ar ôl hunanladdiad Edward. Dyna pryd y penderfynais ei bod yn amser i mi roi'r gorau i yrfa wleidyddol. Neu fel arall byddwn i'n arwain y Torïaid yn y Cynulliad nawr."

"Pam rwyt ti'n datgelu hyn i gyd nawr, a pham rwyt ti'n gweud wrtho i?"

"O'n i'n meddwl ein bod ni'n ffrindiau. Baich y gyfrinach wedi mynd yn rhy drwm, efallai. Dechrau teimlo nad oedd y llawdriniaeth yn hollol lwyddiannus; dyw torri darn o gnawd i ffwrdd ddim yn 'neud fawr o wahaniaeth i'r person y tu mewn. Dw i ddim yn fenyw. Dw i ddim yn ddyn. Ond wedi gweud hynny, termau amwys yw dyn a menyw, gwryw, benyw. Dw i ddim yn perthyn i'r naill ochr na'r llall, ta beth. Beth amdanat ti?"

"Dw i'n ddyn. Dim byd arall. Dyn."

"Mor fiolegol sicr â hynny wyt ti? Trueni. Does dim byd mwy peryglus anniddorol na sicrwydd biolegol."

"Ond mae pawb naill ai'n wryw neu'n fenyw, on'd 'yn nhw? Does dim byd arall, nac oes?"

Edrychodd Ann Griffiths arna i – trwyddo i – am amser hir.

"O'n i'n meddwl ein bod ni'n gallu bod yn ffrindiau, Mr Cadwaladr, ond mae'n amlwg i mi nawr 'mod i wedi 'neud camgymeriad arall."

Cododd a cherdded allan o'r gysgodfa, dros y lawnt. Gwyliais ei chefn, ei gwallt brith, ei symudiad gosgeiddig nes iddi gael ei llyncu gan y ddinas.

# – 7 –

"Mae Gwynfab wedi symud mas," meddai Owain Glyndŵr pan gyrhaeddais y fflat.

"Cer," meddwn i.

"Ie, ma' fe a'r dyn bach slimey 'na yn mynd i fyw gyda'i gilydd."

"Gwynfab a Llysnafedd?" meddwn i, yn methu credu'r peth ar y naill law er fy mod i wedi'i ragweld ar y llaw arall – a phe bai gen i law arall buaswn i wedi cyfaddef ar honno nad oedd gen i fawr o ots.

"Ie, ac mae Dr Death wedi bod 'ma, i 'weud ta-ta wrthyn nhw ac i weud wrthon ni fod rhaid inni whilio am rywun arall i gymryd stafell Gwynfab."

Yr ansicrwydd 'na eto, pwy fyddai'n dod yn lle Gwynfab – rhywun swnllyd, rhywun gwyllt, partïon drwy'r nos, cyffuriau a phuteiniaid o bob rhyw drwy'r tŷ. Roedd Owain Glyndŵr yn dal i siarad.

"Dw i'n meddwl mynd, hefyd," meddai gan ollwng bom atomig i ganol fy mywyd. Go brin y gallwn i ddod o hyd i ddau berson derbyniol i gymryd y stafelloedd eraill. Yr unig ddewis oedd imi chwilio am le ar fy mhen fy hun eto. "Dim eto wrth gwrs", meddai O.G. "Dw i wedi rhoi pythefnos o rybudd i Dr Death. Mynd 'nôl i fyw 'da'n mam a 'nhad ydw i. Tsiepach."

Awn i weld Marged; hwyrach y byddai hi'n fodlon i mi symud i mewn gyda hi, neu hwyrach y gallen ni'n dau chwilio am rywle gyda'n gilydd yn y ddinas. Mor sydyn mae pethau yn gallu newid yn gwbl groes i'n dymuniad.

Roeddwn i'n ddigon hapus gydag Owain Glyndŵr mewn un stafell yn ymdrybaeddu yn ei swildod, mwg ei sigaréts, ei lun gan Gericault a Gwynfab misi a bibis yn y stafell arall. Roeddwn i'n gyfarwydd â nhw, er gwaethaf eu cinciau od. A doeddwn i ddim eisiau byw yng nghanol môr o Saeson. Mor lwcus oeddwn i gael dau gydletywr o Gymry Cymraeg. Dim gobaith cael dau arall yn rhwydd. Roedd Owain Glyndŵr yn dal i siarad ond roeddwn i wedi hen beidio â gwrando.

"W i'n mynd i'n stafell O.G., OK? Pen tost."

Gorweddais ar 'y nghefn ar y gwely a 'taswn i ddim yn ddewr baswn i wedi llefain dw i'n siŵr. Yn lle hynny cofiais am y llyfr o luniau Kertész a'i godi a dechrau pori ynddo. Y tlodion, y dyn barfog yn piso yn erbyn y wal, y fenyw fach gloff 'na eto yn ymlwybro ar hyd y stryd wlyb, y bachgen yn cwtsho'r ci bach ac Ernest eto yn sefyll wrth ochr ei ddesg yn yr ysgol.

Yna fe'i gwelais. Rio de Janeiro, 1927 – y cei, y llongau, y dorf. Ac yno ar y cei... Hyhi! Neidiais o'r gwely a gweiddi drwy'r tŷ.

"Dw i wedi'i ffeindio hi! DW I WEDI'I FFEINDIO HI!"

"Be' sy'n bod?" gofynnodd Owain Glyndŵr.

Roeddwn i yn y gegin.

"Disgwyl, disgwyl 'ma!" Dangosais y llun iddo. "Wyt ti'n ei gweld hi?"

"Pwy?"

"Y ferch 'ma. Beth yw hwnna ar ei hysgwydd?"

Cododd y llyfr yn araf at ei drwyn a chulhau'i lygaid. Roedd e'n fyr ei olwg ond doedd dim sbectol ganddo; dyw anarchwyr ddim yn gwisgo sbectol.

"Llygoden," meddai, bendith arno – y gair yn fêl i'm clustiau, neu'n olew efallai – cerddoriaeth i'm clustiau.

"Yn union," meddwn i. Roeddwn i'n neidio lan a lawr.

Dechreuodd y cymdogion o'r fflat isaf guro ar eu nenfwd nhw, ein llawr ni. (Fflachiodd lluniau ohonyn nhw drwy fy meddwl yn dringo ystolion, yn estyn am ysgubell, yn sefyll ar stepiau ac yn curo gyda'u holl nerth.)

"Wel? Dwyt ti ddim yn gweld? Merch. Llygoden. Rio. Y dyddiad. 1927?"

Nac oedd, doedd e ddim yn gweld. Cymro Cymraeg oedd e wedi'r cyfan; doedd e ddim yn gwybod dim am farddoniaeth Gymraeg. Cipiais y llyfr o'i ddwylo.

"Rhaid i mi fynd i weld Chris. Mae hyn yn allweddol i 'ngwaith ymchwil i!"

"Fydd neb 'na nawr, mae'n rhy ddiweddar."

"Ti'n iawn. 'Tasai ffacs 'da fi 'swn i'n gallu anfon ffacs, neu 'sa e-bost 'swn i'n gallu anfon e-pistol. Ond fel mae hi 'sdim ffôn 'da ni hyd yn oed. Felly, rhaid imi aros tan fory."

## 8

PAN ES I MEWN i'r stafell (es i lan yn syth heb ddweud wrth Gwynfab), roedd Chris yn gweithio o flaen y potsiwr geiriau.

"A! Sam – o'n i ddim yn disgwyl dy weld ti heddi. Sut wyt ti?"

"Dw i'n iawn, Dr Powell."

Roeddwn i'n ysu am ddatgelu'r darganfyddiad mawr ond torrodd ar fy nhraws.

"Mae hwn yn hen," meddai gan gyfeirio at y geir-wampydd. "Ond mae'n ffyddlon a dw i'n mynnu'i gadw, wath mae'r cyfarwyddiadau a'r gorchmynion i gyd yn uniaith Gymraeg a dyw'r taclau newydd mwy soffistigedig ddim i'w cael 'da phopeth yn Gymraeg, yn ôl be dw i'n ei ddeall, ta beth, sydd ddim yn golygu lot. Aros eiliad, dw i'n gorfod gorffen man 'yn. Na fe, t'wel 'Cadw a Dal Ati'. Fy hoff orchymyn yw 'Adennill o Ebargofiant' – un o'm hoff eiriau yw Ebargofiant ond meddylia am y syniad o anfon rhywbeth neu rywun ar ei ben i Ebargofiant ac wedyn ei Adennill, meddylia am y pŵer, y grym. Mae rhywbeth mytholegol ac Eliswynnaidd ynglŷn â'r gair Ebargofiant on'd oes? Ebargofiant."

Sawrai'r gair a cheisiais dorri ar draws yr eiliad o synfyfyrdod ond yn ofer.

"Cofia, Sam, dw i ddim yn un o'r bobl 'ma sydd wedi colli'u pen 'da'r holl dechnoleg newydd 'ma, y we, yr e-pistol, crynoddisgiau ROM, dw i ar ei hôl hi, mae arna i ofn, bron â bod yn gyfrifiadurol anllythrennog, ys dywedir; plant yn wherthin ar 'y mhen i achos dw i ddim yn gwpod sut i ddodi tâp fideo yn y teledu heb sôn am ei amseru i recordio rhaglenni'r dyfodol. A be gawn ni nesa, 'sgwn i? Dwyt ti ddim yn cytuno 'da fi, Sam, efallai'n bod ni wedi mynd i ddibynnu gormod ar y dechnoleg drydanol 'ma? Be 'sa'n digwydd 'sa toriad yn y cyflenwad trydan? Darllenais i yn rhywle, dw i ddim yn cofio ble, fod ein cyflenwad dŵr yn cael ei reoli gan gyfrifiaduron, felly 'sa toriad yn y cyflenwad trydan 'sa'r cronfeydd dŵr ddim yn gallu gweithio, a 'san ni ddim yn cael ein cyflenwad dŵr am fwy na deng niwrnod 'sa'r pla du yn mynd yn rhemp drwy'r wlad. Sy'n syniad arswydus, ontefe, Sam? Dyw'r holl dechnoleg 'ma a'n dibyniaeth arni ddim er ein lles ni, yn 'y marn i, ta beth. Mae'n plant ni'n whara ar eu cyfrifiaduron drwy'r amser fel 'san nhw wedi anghofio sut i whara gyda'i gilydd ac wedi anghofio sut i siarad, sut i gyfatharebu. A meddylia am yr holl drydan sy'n cael ei ddefnyddio, a'r papurau wrth inni brintio a ffacsio a chopïo ac e-pistola. Clywais i fod maint Gwlad Belg o'r fforestydd glaw yn cael eu torri i lawr bob mis – a'r coedwigoedd yw ysgyfaint y byd, on'd 'yn nhw? Ac mae darn o'r capan iâ wedi dod i ffwrdd wrth i dymheredd y byd godi. Ac yn Iran maen nhw'n 'neud bomiau sy'n gallu taro Prydain – a pha arfau sydd 'da nhw yn Israel a Tsieina? Ac ar ben y cyfan mae meteor neu seren wib ar ei ffordd uniongyrchol i'r ddaear ac yn sicr o'n taro ni'n hwyr neu'n hwyrach a bwrw'r byd oddi ar ei echel, hynny yw os na fydd y bomiau wedi'n chwythu i fyny ymhell cyn i'r seren wib ein taro – y naill ffordd neu'r llall Ebargofiant yw'n tynged anochel ni i gyd. A fydd 'na ddim Adennill o'r Ebargofiant 'na!"

Ar ôl yr araith hon ymddangosai fy narganfyddiad fel peth pitw a dibwys iawn; beth oedd yr ots am un gerdd fach gan T.H.Parry-Williams, am yr iaith Gymraeg a

Chymru, os oedd y byd i gyd ar fin dod i ben a holl hanes a diwylliant dynoliaeth yn mynd i gael eu taflu i Ebargofiant a neb yn gallu adennill dim byth eto?

"Beth sydd 'da ti 'na, Sam?" gofynnodd Dr Powell.

Roedd llyfr Kertész yn agored ar f'arffed. Estynnais y gyfrol dros y ddesg, fel petai'r byd a'n bywydau ni'n mynd i gario ymlaen am byth.

"O, dw i'n gyfarwydd â'r llun hwn," meddai Chris er mawr syndod i mi. "Ffoto gan André Kertész, y crwtyn yn cwtsho'r ci bach. On'd yw Barthes yn cyfeirio ato yn un o'i ysgrifau?"

"Chi'n edrych ar y llun anghywir, Dr Powell; yr un ar yr ochr arall, gyferbyn â'r bachgen a'r ci."

"Hen lun o borthladd neu gei yn rhywle," meddai, yn gwbl ddiddeall. "Diddorol, yr holl bobl yn symud, yn cario pethau a'r llongau a'r môr. Nodweddiadol o Kertész, ma' fe wedi dal bywyd yn cael ei fyw."

"Ond edrychwch yn ofalus. Ar y ffigwr ar ymyl y cei, ar ei phen ei hun, ar wahân."

Plygodd Dr Powell ymlaen dros y llyfr, ei sbectol bron yn cyffwrdd â'r dudalen, ac yn llithro ychydig i lawr y trwyn hir.

"O, ie, dw i'n gweld nawr. Menyw denau. Mae hi'n eitha clir, on'd yw hi?'

"Nac 'ych chi'n gweld rhywbeth arall."

"Rhywbeth ar ei gwegil. Beth yw e?"

"Wel, mae'n amlwg on'd yw e?"

"Nac ydi, ddim i mi. Beth yw e?"

"Llygoden," meddwn, yn synnu bod Dr Powell yn gallu bod mor araf, mor dwp weithiau.

"O ie, llygoden."

"Wel? 'Smo chi'n sylweddoli beth yw hwn? Edrychwch ble mae e, a'r dyddiad!"

"Rio de Janeiro – 1927. Wel, wel. Y Ferch ar y Cei yn Rio. Dyna hi, mae'n debyg. Anhygoel. Ac eto i gyd ddim mor rhyfedd chwaith bod un o'r ffotograffwyr craffaf a mwyaf sylwgar a fu erioed wedi sylwi ar rywbeth y sylwodd un o'n beirdd ni arno. Cyd-ddigwyddiad ffantastig ar y naill law a chwbl resymegol ar y llaw arall. Hwyrach fod beirdd ac arlunwyr a ffotograffwyr eraill, mewn ieithoedd eraill, llai adnabyddus wedi sylwi arni hefyd. Mae'n eitha trawiadol on'd yw hi – y gwallt gwyllt, golwg pell a thrist yn ei llygaid. Oes 'na gyd-ddigwydd-iadau o gwbl, mewn gwirionedd? Hwyrach fod popeth wedi'i drefnu."

"On'd yw hwn yn ddarganfyddiad o bwys?"

"Ydi a nac ydi. Ti ddim yn gallu profi taw hon oedd y ferch a welodd Parry-Williams?"

"O, dere 'mlaen! Rio, y llygoden, y dyddiad!"

"Hwyrach fod lot o ferched yn mynd o gwmpas Rio 'da llygod ar eu sgwyddau yn y dauddegau, am wn i. Rhyw fath o ffasiwn, falle. Dyw T.H.Parry-Williams ddim yma i 'weud, 'Ie, dyna'r ferch welais i'.'"

"Ond," meddwn i, "dw i'n gwpod ym mêr f'esgyrn taw hon yw'r ferch yn y gerdd."

"Sam," meddai Chris gan gau'r llyfr a'i estyn i'm dwylo 'to. "Rhaid iti wynebu ffaith seml ond anodd, dyw'r llun 'na ddim yn 'neud iot o wa'niaeth."

"Mae'n flin 'da fi'ch bod chi'n ei weld e fel 'na, ond mae'n 'neud gwa'niaeth mawr i mi."

"Ym mha ffordd?"

Doedd dim ateb 'da fi.

## 9

PAN WELAIS Marged eto roedd hi'n ddu a gwyn ac yn onglau i gyd, ei gwallt Louise Brooks mor ddu â hen LP a'r ymylon mor syth â phren mesur, ei chroen yn wyn fel porslen, esgyrn ei gruddiau mor uchel a miniog fel y gallasech fod wedi hongian eich côt arnynt ac roedd ei dillad yn ddu a gwyn hefyd, sgwariau du a gwyn dant-yr-helgi. Yn y caffe Celtaidd roedden ni.

"Na, chawn ni ddim rhannu fflat gyda'n gilydd," meddai ar ôl i mi ofyn. "Dw i'n mynd."

"Ble?"

"Mae Henaduriaid y Pisdäon wedi bod mewn cysylltiad â mi eto yn ddiweddar drwy'r teclyn 'ma maen nhw wedi'i blannu yn fy nhrwyn, a does dim dewis 'da fi ond mynd gyda nhw."

Wyddwn i ddim am beth ar y ddaear roedd hi'n siarad nes iddi f'atgoffa am y stori wirion wnaeth hi'i hadrodd y noson honna a'r rigmarôl am y dynion bach yn y llong-ofod.

"Paid â bod yn dwp, Didi, ti'n gwpod yn iawn nad oes dim Pisdäon."

"Dw i'n mynd, dw i'n gorfod mynd."

Edrychais ar ei hwyneb, ar yr esgyrn wedi'u darlunio gan bwyntil ysgafn, esgyrn aderyn a phryder aderyn yn ei llygaid.

"Dwyt ti ddim yn mynd i ffwrdd a 'ngadael i eto, nac wyt ti, Didi?"

"Dwyt ti ddim yn deall," meddai gan ysgwyd 'i phen. Siglodd y gwallt ac yna setlo eto yn llinellau syth a sgleiniog.

"Ond 'sdim rhaid i ti fynd nawr nac oes, 'sdim rhaid iti fynd heddiw. Beth 'yn ni'n mynd i 'neud heddiw? Beth am fynd i weld ffilm yng Nghanolfan y Celfyddydau? Maen nhw'n dangos cyfres o ffilmiau tramor, *The Seventh Seal* gan Bergman, *Bicycle Thieves*, *Jules et Jim*, *La Strada*, *The Virgin Spring*, *Satyricon*, *A Special Day*."

Siarad roeddwn i er mwyn llenwi'r distawrwydd, siarad er mwyn ei chadw hi yno.

"Ti'n cofio'r gerdd 'na gan T.H.Parry-Williams. 'Y Ferch ar y Cei yn Rio', yr un dw i'n gwneud astudiaeth ohoni? Wel dw i wedi ffeindio llun ohoni. Y ferch 'da'r llygoden ar ei hysgwydd yn sefyll ar y cei yn Rio. Anhygoel yntefe? Ffotograff gan Kertész, ffotograffydd byd-enwog."

Roedd hi wedi codi ar ei thraed; roedd yn aderyn yn paratoi i hedfan i ffwrdd, ond roeddwn i'n dal i siarad.

"Meddylia am y peth, y llun 'na mewn llyfr a neb arall wedi cysylltu'r llun 'da'r gerdd, fi yw'r cyntaf mae'n debyg, ond mae hi yno yn y llyfr 'ma, *Kertész, Sixty Years of Photography*, i bawb ei gweld hi. Mae'n amlwg taw'r un ferch yw hi er bod cwpwl o flynyddoedd rhwng y llun a'r gerdd – ond beth yw'r ots, mae'r bardd wedi'i disgrifio hi i'r dim a'r ffotograffydd wedi'i gweld hi hefyd. Yn amlwg byddai hi'n mynd i lawr at y cei bob dydd gyda'i llygoden ar ei hysgwydd i ffarwelio â phawb."

Rhy hwyr, daethai'r geiriau dros fy ngenau cyn imi sylweddoli beth roeddwn i'n ei ddweud. Ac roedd hi wedi mynd. Pan es i ar ei hôl hi i'r stryd roedd y dorf wedi'i chofleidio a'i chuddio hi.

Pan es i 23 Perllan Deg y diwrnod wedyn a chanu cloch B daeth menyw ddieithr at y drws, hen fenyw, a gwn nos binc amdani, a'i choesau noeth fel caws Danaidd glas. Roedd hi'n gas, doedd hi ddim yn siarad Cymraeg, doedd hi ddim yn nabod fy chwaer, doedd neb arall yn byw yn y fflat dim ond hi a'i chi, Coco. Doedd hi ddim yn gwybod am beth nac am bwy roeddwn i'n siarad. Bu'n byw yn y fflat hwn ers pum mlynedd, hi a neb arall. Caeodd y drws yn fy wyneb.

Cenais gloch Mr Ioan Richards, cloch ddigon cyfarwydd erbyn hyn. Sawl gwaith roeddwn i wedi'i chanu a Webb neu Betsan wedi agor y drws i mi a finnau wedi darllen i 'Wncwl Ioan' ddarnau o *Mein Kampf, Meddyliau'r Cadeirydd Mao, Das Capital*? Ond ddaeth Betsan na Webb ddim y diwrnod hwnnw, dim ond rhyw lanhawr. Roedd y fflat yn wag. Na, doedd neb o'r enw Richards wedi byw yno, meddai. Yn amlwg, roedd e'n gwneud camsyniad. Nid rhywun o'r enw Osborne, dyn ifanc, arlunydd, oedd wedi gwerthu'r fflat, ac wedi symud i Lundain.

Cerddais i fyny'r grisiau. Yn gam neu'n gymwys roeddwn i ar fy ffordd i fflat Ann Griffiths. Ond pan ddaeth dieithryn arall at y drws doeddwn i ddim yn synnu. O leiaf roedd hwn yn Gymro.

"Chi'n siŵr?"

"Ydw, neb o'r enw Griffiths 'ma. Dim ond fi a 'nhad. Bing yw'n henw ni, 'sneb o'r enw Griffiths wedi bod yn y fflat 'ma erioed."

O leiaf roedd Mr Bing yn ddigon cwrtais, braidd yn rhy gwrtais, yn annymunol o ymgreinllyd.

Edrychais ar y tŷ o'r tu allan. Roeddwn i'n sicr taw'r un adeilad oedd e. Yr un rhif oedd ar y drws. Roeddwn i yn yr un stryd, Perllan Deg. Doeddwn i ddim yn gallu deall y peth, roedd hi fel un o ffilmiau David Mamet; lle'r oedd na glwb moethus neu fodurdy prysur neu gaffe poblogaidd ddoe, does dim byd heddiw ond hen stordy gwag. Ond doedd dim MacGuffin 'da fi a dim troseddwyr yn dod ar f'ôl i hyd y gwyddwn i.

# – 10 –

FELLY, DOEDD neb ar ôl. Neb yn y fflat nawr, dim ond y fi ar fy mhen fy hun. Dim Owain Glyndŵr. Roedd ei argraffiad o 'Rafft y Medusa' gan Géricault wedi mynd; dim ond tameidiau o *blue tack* ar y wal a fu'n cynnal y llun a phatsyn hirsgwar nad oedd mwg sigaréts O.G. wedi'i drochi oedd ar ôl. Dim Gwynfab. Un peth a ddaeth â gwên i'm hwyneb oedd y ffaith fod hwnnw wedi baglu a chwympo i lawr y grisiau wrth fynd â'i siwtces olaf i gar Llysnafedd a oedd wedi'i barcio yn y stryd yn aros amdano.

A finnau'n gorfod chwilio am le arall i fyw. Ond ddim y bore hwnnw. Dim coleg chwaith, dim gwaith. Teimlwn yn ddigalon iawn. Yr unig wrthwenwyn, yr unig feddyginiaeth at iacháu'r fath iselder ysbryd, fel y gwyddwn i, oedd mynd am dro hir yn y ddinas.

Felly, gwisgais fy nghôt law, wath roedd hi'n bwrw'n drwm, fel arfer, a bant â mi mas i'r ddinas i blith y fforddolion, y ceir, y bysiau, y strydoedd a'r heolydd. Cerddais a cherddais yn ddiamcan ac yn ddigyfeiriad mewn rhyw fath o swyngwsg, wedi fy hypnoteiddio gan guriad hwiangerdd y ddinas. Am faint o amser y bues i'n cerdded fel 'na 'dwn i ddim wath fe gollais i bob amcan o amser a baswn i wedi anghofio lle'r oeddwn pe na bai rhywun wedi dod trwy borth y parc wrth i mi ei basio a'm cyfarch.

"Mr Cadwaladr, sut ydych chwi heddiw?"

"Cyril!" meddwn i, wedi fy neffro'n sydyn a dirybudd

o'm myfyrdodau gan Lysnafedd. "Dw i'n iawn diolch," meddwn i fel un newydd ddihuno. "Sut mae Rad a Dwd?"

"Maen nhw'n iawn, wsti!" meddai Cyril. Roedd e'n dechrau mabwysiadu nodweddion tafodieithol gogleddol mewn ymgais i swnio'n fwy naturiol. Dylanwad Gwynfab, diau. "Maen nhw wedi cael cŵn bach, wsti. Dim ond dau, gwaetha'r modd. Yr ydym, myfi a Gwynfab, wedi'u bedyddio'n Tsiang ac Eng, am resymau amlwg."

"Amlwg," meddwn i yn gwbl ddi-glem. "Sut mae Gwynfab?"

"Y mae'n dioddef dan annwyd heddiw, wsti."

"Mae'n flin 'da fi glywed hynny," meddwn i, er doedd hi ddim yn wirioneddol flin 'da fi am Gwynfab; a gweud y gwir gwnaeth y newyddion am ei salwch godi fy nghalon ychydig.

"Yli," meddai Llysnafedd. "Rhaid i mi fynd, 'sti, cwarfod Adran bore 'ma. Hei, hwyl i chdi, 'chan."

Roedd ei dafodieithrwydd yn fwy annaturiol na'i annaturioldeb gynt; yn wir roeddwn i'n fwy cyfforddus gyda'i annaturioldeb.

Wrth i mi ymadael â Llysnafedd anfonais fy nghofion at Gwynfab a'r cŵn a'r cŵn bach. Roedd mwy o ddiddordeb 'da fi yn y cŵn a chofiais am lyfr gwych Konrad Lorenz, *Man Meets Dog*. Yn ei farn ef roedd pobl, yn aml iawn, yn cadw anifeiliaid oherwydd eu bod nhw wedi cael eu dadrithio a'u siomi gan bobl, wedi colli'u ffydd yn eu cyd-ddyn, a rhyw fath o ddirprwy bobl neu bobl ffug oedd eu cŵn anwes iddyn nhw. Dw i'n licio anifeiliaid ond dydw i ddim eisiau cadw ci neu gath rhag ofn i mi fynd fel y bobl 'na sy'n ceisio cynysgaeddu'r anifail â'u holl obeithion am berthynas â pherson arall. Mae rhywbeth yn bod ar bobl sy'n dwlu gormod ar anifeiliaid, ond mae rhywbeth o'i le ar bobl sy'n casáu anifeiliaid yn ormodol hefyd. Yn aml iawn mae pobl sy'n gadael i'w cŵn gachu ar y pafin yn bobl sy'n coleddu syniadau'r asgell dde. Dyna hanes Brigitte Bardot, er enghraifft. Ar ôl iddi gael ei siomi gan ddynion llenwodd ei thŷ mawr 'da chŵn. Yna ymunodd â phlaid Jean-Marie Le Pen. Ond mae pobl sy'n ymgyrchu yn ffyrnig yn erbyn baw cŵn ar y strydoedd yn ffasgwyr eithafol. Yn Lloegr roedd y Dame Shirley rhywbeth 'na yn ffyrnig yn erbyn pobl yn gadael i'w cŵn faeddu'r strydoedd gerrymanderiedig. Mae'n well 'da fi ddisgwyl lle dw i'n cerdded, carco lle dw i'n dodi 'nhraed, dyna'r ateb, wath mae 'na fwy o beryglon ar y stryd na baw cŵn ar y naill law ac eithafwyr niwrotig pafin-lendid ar y llall. Yn wir, byddai'n well 'da fi sathru ar dipyn o bwp na sathru ar fom wedi'i guddio mewn bag Tesco gan rywun yn protestio yn erbyn pysgota tiwna neu gan eithafwyr Mwslemaidd, wath does neb yn saff mewn dinas ar ôl bomiau a bomiau gwenwyn a bomiau hoelion Oklahoma a Tokyo a Soho.

Dw i'n cofio lle dw i'n mynd nawr, neu newydd benderfynu, efallai; dw i'n mynd i Ganolfan y Celfyddydau ar gyrion canol y ddinas. Hynny yw, yn agos at ganol y ddinas ond ddim yn llythrennol yn y canol. Ac fel arfer dw i'n mynd i gerdded, chwith, dde, chwith, dde, yn lle dal bws. Dw i'n mynd i weld arddangosfa, efallai, ac wedyn i weld y ffilm. Un o'r ffilmiau tramor 'na, beth bynnag sy'n cael ei ddangos, 'sdim ots 'da fi, wath maen nhw i gyd yn glasuron yn y gyfres 'ma.

Dw i'n pasio'r Amgueddfa ac yn gweld posteri sy'n hysbysebu arddangosfa arall o esgyrn deinosoriaid. Pan o'n i'n blentyn o'n i'n dwlu ar ddeinosoriaid ond prin iawn oedd y llyfrau arnyn nhw yn y saithdegau. Nawr mae 'na arddangosfeydd byth a hefyd, llyfrau lliwgar dirifedi, deinosoriaid bach plastig; Teiranosoros, Stegasoros, a'r

Brontosoros anferth hirgynffonnog, i gyd ar gael yn las ac yn oren ac yn binc. Y diwrnod o'r blaen gwelais i grwtyn bach yn cwtsho model o Deiranosoros danheddog fel petai'n dedi bêr bach fflyffi. A beth am y ffilmiau a'r rhaglenni teledu lle mae'r deinasoriaid yn dod yn fyw o flaen eich llygaid? Er nad ydyn nhw ddim cystal â'r hen ffilmiau, *King Kong* a *Godzilla*, yn fy marn i; roedd mwy o awyrgylch yn y rheini.

Dw i'n croesi'r heol ac mae bws yn 'y mwrw i lawr bron. Cael a chael oedd hi. Gallaswn i fod wedi bod fel Frida Kahlo am weddill f'oes, ar wastad fy nghefn, yn gorfod ildio i lawdriniaeth boenus dro ar ôl tro ond yn gwbl ofer, dim byd yn tycio, ac yn peintio hunanbortreadau drwy syllu arnaf i fy hun yn y drych yn syllu'n ôl o'r cynfas yn boen i gyd.

Ac wedyn dw i'n cerdded trwy un o ardaloedd cosmopolitanaidd y ddinas. Mae 'na stryd o dai bwyta yno ac mae'r bwydydd yn dod o bedwar ban byd, India, a Tsieina, yn anochel, yr Eidal, wrth gwrs, America, afraid dweud, a rhai mwy annisgwyl, Thai, Burma, Gwlad Groeg, Indonesia, ac, ie, Ffrainc wrth gwrs, a Sbaen, ac Irac, Hawaii, bwyd Iddewig, llysieuol, figan, tatws trwy'u crwyn, *pizzas* amrywiol, llygod wedi'u ffrio yn Kentucky, McDonald's, Burger King, Wimpy, Miss Millie, Fatty Arbuckles, Tandoori, kebabs, a sglod a sgod, sglod a sgod, sgod a sglod. Mae dyn yn gallu teithio'r byd ar ei dafod heb adael y stryd hon. Dyna un o fanteision bywyd y ddinas, o leiaf, wath mae dinas yn bwll neu'n bant lle y mae dŵr y byd yn rhedeg iddo.

Mae'r ceir a'r bysiau a'r loriau yn pasio o hyd ond mae'r dorf yn llai, yn deneuach yma. Yr unig beth dw i'n ei gofio am nofelau Dostoiefsci yw'r disgrifiadau o dorfeydd yn y strydoedd. Doedd Proust ddim yn licio'r digwyddiadau mawr treisgar a thrychinebus yn Dostoiefsci, y llofrudd-iaethau ac yn y blaen, rhy felodramatig. Gwell 'da finnau Gogol a'i eironi a'i wawdluniau a'i gymeriadau cartwn-aidd. Acaci Acaciefits fel ysbryd yn poeni pobl ar y strydoedd am ei fantell, y trwyn yn cerdded o gwmpas y ddinas. Synnwn i ddim 'tawn i'n gweld trwyn yn cerdded i gwrdd â mi nawr; dw i wedi gweld pethau tebyg. Gwelais fanana saith troedfedd un tro. Dyn wedi'i wisgo fel banana. Neb yn cymryd iot o sylw ohono fe, ond yn cerdded heibio heb ddweud gair, fel petai'n anweladwy. Dw i wedi gweld dyn yn cerdded â chath ar ei ysgwydd. Nawr, roedd hwnnw'n beth anghyffredin. Dw i wedi gweld cŵn yn gwisgo cotiau ac yn cael eu cario mewn bagiau siopa – a dw i wedi gweld bagiau o sbwriel yn cael eu gwthio mewn coets baban. Pobl yn trin anifeiliaid fel pobl eto. Dw i wedi gweld merched a bechgyn yn cerdded o gwmpas 'da llygod ar eu hysgwyddau, dim byd od am hynny, a dyna pam dw i ddim wedi cael fy nghynhyrfu ganddyn nhw i sgrifennu cerdd, wath mae pobl fel 'na yn ddigon cyffredin yn y ddinas 'ma, y math o grancod y byddai Weegee neu Kertész wedi tynnu lluniau ohonyn nhw a T.H.Parry-Williams wedi sgrifennu cerdd amdanyn nhw, Dic Aberdaron, y Ferch ar y Cei yn Rio, mewn ymgais i ddal y 'nawr-rwydd' nad yw'n bosibl, gwaetha'r modd.

Tipyn o ffordd i gerdded o hyd. Be wna i nawr? Wn i, mi wna i ateb holiadur Proust yn 'y mhen:

## Holiadur Proust Mr Cadwaladr

*Beth yn eich barn chi yw isafbwynt anhapusrwydd?*
Cael fy ngwahanu oddi wrth Marged.

*Ble'r hoffech chi fyw?*
Mewn dinas fawr amhersonol. Hon, er enghraifft.

*Beth yw'ch syniad chi o hapusrwydd ar y ddaear?*
Distawrwydd.

Dw i ddim yn cofio'r cwestiwn nesa. Ond wedyn mae'r holiadur yn mynd yn ei flaen:

*Pwy yw'ch hoff arwr mewn ffuglen?*
Theomemphus.

*Pwy yw'ch hoff gymeriad/au mewn hanes?*
Dr William Price, Dr James Barry, George Pslmanazar, Chevalier D éon

*Pwy yw'ch hoff arwres/au mewn bywyd go iawn?*
Y Ferch ar y Cei yn Rio, Ann Griffiths.

*Pwy yw'ch hoff arwres mewn ffuglen?*
Ann Griffiths.

*Pwy yw'ch hoff arlunydd?*
Vosper.
*Pwy yw'ch hoff gerddor?*
Florence Foster Jenkins.

*Y rhinwedd yr ydych chi'n ei edmygu mewn dyn?*
Llonyddwch.

*Y rhinwedd yr ydych chi'n ei edmygu mewn menyw?*
Tawelwch.

*Eich hoff rinwedd?*
Nid taclusrwydd, yn bendant – sy'n rhinwedd pobl
gyffredin, ddiddychymyg – ond blerwch, ie, blerwch
yw fy hoff rinwedd i.

*Pwy fuasech chi wedi hoffi bod?*
Y Ferch ar y Cei yn Rio.

Dw i'n dechrau drysu, dyna'r broblem wrth gerdded a
myfyrio wrth fynd am dro hir ar eich pen eich hun. Felly,
heb fod yn bell o'r orsaf trenau dw i'n picio i mewn i
gaffe-helpwch-eich-hunan am damaid. Mae'r dewis dan
y cownteri gwydr yn fy llorio, *quiches*, cinio, brechdanau,
salad ham, salad wyau, salad corgimychiaid, tatws trwy'u
crwyn wedi'u stwffio â chaws, neu diwna, neu gor-
gimychiaid neu biff, coffi, te, jeli, teisennau. Yn y diwedd
dw i'n penderfynu cael cwpaned o goffi a bar o siocled.
Ond unwaith eto mae'r dewis yn fy llorio i, yr holl labeli,
yr enwau, y lliwiau, yr amrywiadau di-ben-draw ar un
peth – siocled. Neu, yn hytrach, yr amrywiaeth o fewn
amrywiaethau. Dw i'n cymryd amser hir i benderfynu,
yn dethol ac yn gwrthod; dim cnau, dim rhesin, dim byd
yn y siocled ond siocled. Dim siocled tywyll, dim byd
mewn papur glas neu borffor, dim byd briwsionllyd, ond
rhywbeth gweddol galed a melys, dim o'ch 70% coco, a
rhywbeth wedi'i gynhyrchu dramor, nid ym Mhrydain
Fawr, a heb fod yn rhy gostus. Dw i'n mynd am rywbeth
gwyn, dim byd mewn darnau bach, dim botymau. Dw i'n
dewis bar bach tenau gyda siocled gwyn a'r tu mewn yn
feddal, siocled gwyn meddal ac ysgafn. Yna dw i'n dodi'r
siocled a'r coffi ar hambwrdd ac yn mynd at y til i dalu.

Mae'r dyn wrth y til yn ifanc ac yn rhy lawen o lawer, yn debyg o ran ei olwg i Woody Allen ifanc. Mae'n amlwg nad yw'n cael llawer o gwsmeriaid wath mae'n rhy ymgreinllyd o hynaws, yn rhy sydyn ac yn rhy falch o gael helpu. Dw i'n rhoi darn punt iddo.

"A-two-wentieeie a-three a-pennies a-change a-kind sir," meddai wrth roi fy newid i mi. "A-thang-you-a-very kindly-my-good-sir-and-a-very-good-a-day-to-you,-a-sir. Enjoyourmeal."

Gormod o ffws. Dw i'n dewis bord gron wrth y ffenest fel y ca i edrych allan ar y stryd. Dw i'n tynnu'r papur o'r siocled yn ofalus iawn. A dyma'r siom gyntaf. Nid siocled gwyn mohono ond lliw hufen, byddai'n decach ei alw'n siocled melyn. Yna dw i'n cnoi'r darn bach sgwâr cyntaf. A dyna'r ail siom. Dw i'n cael y tu mewn yn wag i bob pwrpas. On'd yw'n bywydau ni'n llawn o'r disgrifiadau hyn? Llenwadau nad ydynt lawn, gwyn sy'n felyn, coffi du sy'n frown tywyll, coffi gwyn sy'n frown golau.

Dros y ffordd o'r caffe roedd 'na adeilad a hysbys-fyrddau mawr ar y waliau yn sôn am fandiau newydd. Mae teimlad llethol o *déjà vu* yn dod drosof i. Does neb wedi dyfeisio delwedd newydd ym myd canu poblogaidd er yr wythdegau. Yr un hen ymdrech i fod yn sioclyd; y ferch a'i phen wedi'i eillio'n foel, bechgyn yn gwisgo colur fel Cleopatra ar eu hwynebau, dynion du mewn siwtiau streipiog llachar a hetiau mawr a modrwyau aur ar eu bysedd, bechgyn a modrwyau drwy'u trwynau a'u gwefusau a'u haeliau. Beth sy'n bod ar ddychymyg, neu'n hytrach ddiffyg dychymyg pobl ifanc heddiw? Edrychwch ar bobl ifanc gyffredin – ac edrychais arnyn nhw'n pasio yn y stryd – ac maen nhw i gyd mor barchus a sobr â threfnwyr angladdau. Ai dyma'r ugeinfed ganrif ar hugain, iefe? Dylanwad degawdau o geidwadaeth dan lywodraethau Torïaidd a Llafur Newydd a'r Cynulliad Seisnigaidd – y gacen honno o Brydeindod gyda'r eisin o Gymreictod ac ambell gwren o Gymreictod – daethai'r delweddau Bobi Jonesaidd i'm meddwl heb eu cymell. A phosteri yn dangos cloriau'r recordiau diweddaraf. Unwaith eto, dim dychymyg, yr un hen ddelweddau – wyneb rhychog yr hen ddyn, y patrymau yn y caeau ŷd, ac – yn anochel – y gornel o Ardd y Pleserau Dynol gan Heironymous Bosch. Sawl gwaith ys gwn i y cafodd y llun hwnnw ei ddefnyddio ar gloriau recordiau? 'Tasai Bosch yma nawr buasai'n gallu byw ar y breindaliadau ar y llun 'na yn unig. Y dyn yn cachu arian, dyn mewn arfwisg yn cael ei fyta gan filgwn a dreigiau, y mochyn yn gwisgo penwisg lleian ac yn cusanu merch, y creaduriaid annisgrifiadwy.

Wrth i mi ddrachtio'r coffi codais fy ngolygon a sylwi ar ffenestri'r adeilad gyferbyn uwchben yr hysbysfyrddau. Ai swyddfeydd oedden nhw, ynteu fflatiau, neu a oedd yr adeilad yn wag? Na, doedd e ddim yn wag, roedd 'na rywun yn symud ar y pumed llawer, yn sefyll wrth y ffenestr ac yn gwisgo. Menyw.

Yna, gwelais pwy oedd hi – Marged! Er ei bod hi'n bell i ffwrdd, ac er nad oedd hi'n glir, dim ond cysgod yn symud, mewn cornel dywyll yn uchel i fyny, Marged oedd hi. Roedd hi'n gwisgo'r siwt o goch tywyll marw 'na eto ac roedd hi'n gwneud rhywbeth i'w gwallt. Codais o'r gadair yn y caffe a chamu i'r stryd, gan ddal i edrych i fyny at y ffenestr drwy'r amser, yn y gobaith o'i gweld hi'n well, ac efallai, o ddenu'i sylw.

Beth yn y byd roedd hi'n ei wneud? Roedd hi'n tynnu'i gwallt ei hun. Yn tynnu a thynnu â'i holl nerth. Yn sydyn, gyda herc, daeth ei phen i ffwrdd yn ei llaw. Bu ond y dim i mi ollwng sgrech o fraw ac arswyd. Roedd ei hwyneb wedi llithro i ffwrdd, fel petai wedi toddi a meddalu. Ac yno yn ei le, ar ysgwyddau Marged, roedd pen Ann Griffiths. Yn ei llaw roedd wyneb Marged – dim ond masg! A welsai fi? Oedd hi'n edrych i lawr arna i? Croesais yr heol a mynd at yr adeilad i chwilio am ddrws. Oedd, roedd 'na fynediad i'r lle, wath roedd e'n hollol wag ac yn disgwyl ei ddymchwel. Y lloriau concrid yn rhwbel, yn gerrig ac yn sbwriel, poteli wedi torri'n deilchion, sbwriel, papurach, condomau wedi'u defnyddio ar hyd y lle. Lle peryglus ac afiach. Ond ble'r oedd Ann Griffiths? Cefais hyd i risiau a rhedeg i fyny a baglu ar fy ffordd. Y llawr cyntaf, yr ail, y trydydd. Prin y gallwn symud erbyn i mi gyrraedd y pedwerydd llawr. Llusgais fy hunan i'r pumed llawr a dechrau agor y drysau, drws ar ôl drws ar y coridor hir, a chael pob un yn wag. Wrth i mi ddynesu at y stafelloedd olaf dyma fi'n clywed sŵn y tu ôl i mi. Sŵn traed yn dod i lawr o'r chweched llawr – sef y llawr uchaf yn yr adeilad – sŵn sodlau uchel ar y grisiau concrid. Ond, â'm gwynt yn fy nwrn nawr, allwn i ddim symud nac yngan gair.

Hyhi oedd hi, Ann Grffiths, mewn siwt las, sgidiau glas, a het las gyda chantel llydan ar ei phen, y math o het y byddai Greta Garbo wedi'i gwisgo ar ôl ei hymddeoliad er mwyn cuddio y tu ôl iddi. Roedd siwtces bach o liw i gyd-fynd â'i dillad o dan ei braich. Gwisgo'i menig roedd hi a welodd hi mohonof i wrth iddi droi ar ei sawdl uchel a dechrau ar ei ffordd i lawr y grisiau at y llawr nesaf. Gwyddwn i fod fy chwaer – hynny yw y masg, y dillad – yn y siwtces 'na.

Rhedais i lawr y grisiau a gallwn weld yr het fawr yn mynd lawr y grisiau.

"Miss Griffiths. Pam? Pam?"

Ond bant â hi a finnau'n rhedeg ar ei hôl hi. Baglais

eto ar y trydydd llawr a chwympo'n lletchwith ar fy mhenliniau a'u brifo ar y concrid. Gwelodd Ann Griffiths ei chyfle i ennill y blaen arnaf i. Fe'i clywais yn gadael yr hen adeilad drwy ddrysau'r brif fynedfa. Wedi fy nghloffi llusgais fy hunan orau y gallwn i lawr y grisiau ar ei hôl hi. Roeddwn i'n araf ond drwy un o'r ffenestri fe'i gwelais hi'n croesi'r ffordd ac yn mynd i gyfeiriad yr orsaf. Gallwn i anwybyddu'r boen yn fy mhenliniau yn f'awydd i'w dal hi.

Ond roeddwn i'n rhy araf. Pan gyrhaeddais yr orsaf roedd Ann Griffiths ar y trên yn barod a hwnnw'n dechrau symud. Eistedd yn y cerbyd dosbarth cyntaf roedd hi, yn dal drych bach ac yn dodi minlliw coch ar ei gwefusau, ac yn f'anwybyddu i.

Trên i Lundain. Ble wedyn? Rwsia? Awstralia? Casablanca?

Dw i wrth fy modd achos mae yna arddangosfa bwysig o weithiau naïf yn cynnwys darnau gan arlunwyr enwog fel Edward Burra, Douanier Rousseau, Alfred Wallis, Dubuffet, Grandma Moses, Basquiat – cymysgedd o naïfwyr go-iawn a ffug-naïfwyr. Dw i wrth 'y modd 'da'r gweithiau hyn sydd ar y ffin rhwng realaeth a'r ffantasïol, ond sy'n fwy treiddgar na realaeth efelychiadol a mimetig a ffotograffig, ond heb fod mor afresymol ac anhygoel â'r ffantasïol a'r haniaethol. Lliwgar a doniol heb fod yn blentynnaidd. Mae bron pob un ohonyn nhw'n torri 'rheolau' persbectif. Llun o dirlun yng Nghernyw gan Burra sy'n dal fy sylw. Digalondid y tirlun a'r ffigyrau brith. Fel Rousseau, meddai'r nodyn o dan y llun, arferai Burra gopïo lluniau o hen lyfrau, fel yn achos y dyn gyda'r tatŵs a'r fenyw gyda'r sbectol dywyll yn y llun hwn. Dw i'n licio'r dyn 'da'r wyneb trist sy'n byta'i sglodion a'i bastai o'r papur newydd, a'r ffigwr enigmatig sy'n ymddangos ddwywaith yn y gôt streipiog. Ond ble mae'r llyfr lle y cafodd Burra'r llun o'r dyn 'da *'Sans Patrie'* ar draws ei frest?

Yn sydyn dw i'n sylwi ar y gerddoriaeth sy'n arnofio yn yr awyr. Llais craciedig, cyffuriau-feddw Billie Holliday. Mae'n canu 'I Cover the Waterfront' ac mae'r geiriau yn ddatguddiad i mi. Mae rhywun wedi hoelio fy nhraed i'r llawr. 'I'm watching the sea, will the one I love be coming back to me?' Dyna lais y ferch ar y cei yn Rio; mae'n canu nawr, ei chân hi yw hon a Billie Holliday sydd yn rhoi mynegiant i ynfydrwydd ei chanu'n iach. O'r diwedd. O'r diwedd. Diolch, Billie, dyma gyfrinach y ferch a welodd T.H.Parry-Williams, yr un yn y llun gan Kertész, yn Rio.

Ond er gwaethaf fy ngwboldigaeth 'dyw'r byd ddim yn stopio, mae'n mynd yn syth yn ei flaen. Dw i'n edrych o 'nghwmpas a does neb wedi rhannu'r gwirionedd dw i wedi'i weld. Does dim byd wedi newid.

Felly dw i'n mynd i brynu fy nhocyn i weld y ffilm. *A Special Day, Diwrnod Arbennig*, yw hi o'r Eidal. Y fi yw'r cyntaf i fynd i mewn i'r sinema i ddewis lle i eistedd. Prin oedd y bobl eraill oedd yn prynu tocynnau. Ychydig o ddiddordeb sydd yn y ffilmiau tramor 'ma. Ble wna i eistedd? Ar yr ymyl, yn y canol? Ar yr ymyl, rhag ofn y bydd yn rhaid i mi ddianc cyn y diwedd. Mae'r sinema yn tywyllu a dyma'r hysbysebion a rhagolygon y ffilmiau sydd i ddod. Yn rhyfedd iawn mae'r lle'n llenwi a dw i'n cael fy amgylchynu gan gysgodion, ffigyrau pobl anweledig – does neb yn eistedd ar y chwith i mi, wrth gwrs. Ond o 'nghwmpas mae 'na ddigon o bobl. Mae'n f'atgoffa o'r stori fer iasoer honno gan Graham Greene 'A Little Place off the Edgeware Road'.

Pwy yw'r bobl hyn? Mr Owen, Llysnafedd, Gwynfab, Owain Glyndŵr, Ffloyd, Dr Llywelyn, Marged, Ann Griffiths, y ferch ar y cei yn Rio. Maen nhw yma i gyd o 'nghwmpas, dw i'n gallu teimlo'u presenoldeb; mae'r hen deimlad annymunol yn ffoi ac adenydd eu cyfeillgarwch yn fy nghofleidio.

Yn sydyn mae'r ffilm yn dechrau. Ar ôl ychydig funudau dw i'n cofio i mi 'i gweld hi o'r blaen ond dw i ddim yn ei chofio hi'n glir. Mae Sophia Loren yn wraig tŷ, sy'n anhygoel, a Marcello Mastroianni yn wrywgydiwr. Amhosibl. Sôn am gamgastio. Ond y tro hwn dw i'n credu 'mod i'n deall y peth yn well. Y pwynt yw fod y ddau annhebyg 'ma yn cwrdd dan amgylchiadau unigryw. Yn y byd bach mae dau enaid yn cwrdd ac yn cyffwrdd â'i gilydd. Yn y byd mawr mae Hitler a Mussolini yn cwrdd yn gyhoeddus. Mae pawb yn mynd i'w gweld nhw, ac eithrio'r fenyw a'r dyn hoyw. Mae'r aderyn bach yn dianc o'i gaets a Marcello yn ei ddal ac yn mynd ag ef i fflat Sophia. Mae Sophia yn gofidio bod ei chartref yn rhy anniben i'r gŵr bonheddig 'ma. Mae hi'n rhuthro o gwmpas yn ceisio cymoni'r lle. Yna mae Marcello yn dweud – dw i'n cyfieithu'r is-deitlau – 'Rhinwedd y cyffredin yw taclusrwydd'.

# Mwy o Mihangel
# o'r Lolfa!

### CREISION HUD
Barddoniaeth wallgo, snap-cracl-pop i'r ifanc.
0 86243 565 X
£3.95

### SAITH PECHOD MARWOL
Storïau am gathod sy'n hedfan a phryfed cop
sy'n bwyta babanod.
0 86243 304 5
£5.95

### DAN GADARN GONCRIT
Nofel ddirgelwch sydd hefyd yn dychanu'r
gymdeithas gyfoes Gymreig.
0 86243 494 7
£7.95

### CATHOD A CHŴN
Storïau doniol, dychanol, abswrd, ffantasïol – a dwys!
0 86243 529 3
£6.95

Am restr gyflawn o lyfrau'r Lolfa, holwch
am gopi rhad o'n Catalog lliw – neu
hwyliwch i mewn i **www.ylolfa.com!**

y**L**olfa

Talybont Ceredigion Cymru SY24 5AP
*e-bost* ylolfa@ylolfa.com
*y we* www.ylolfa.com
*ffôn* (01970) 832 304
*ffacs* 832 782
*isdn* 832 813